Der Mondspiegel

Diane Neisius

Der Mondspiegel

Roman

Bibliografische Information der Deutschen Nationalbibliothek:
Die Deutsche Nationalbibliothek verzeichnet diese Publikation in der
Deutschen Nationalbibliografie; detaillierte bibliografische Daten sind
im Internet über http://dnb.dnb.de abrufbar.

Cover erstellt unter Verwendung von gemeinfreien Vorlagen,
Quelle: Wikimedia Commons. Credit Hintergrundbild: NASA/ESA

Herstellung und Verlag: BoD – Books on Demand, Norderstedt

ISBN: 978-3-7562-1790-8

Gefangen

Als Rheana wieder zu sich kam, brummte ihr Kopf höllisch. Sie konnte sich nicht genau erinnern, was sie im Wald zuletzt getan hatte. Vermutlich hatte irgend jemand sie überrascht und ihr kräftig eins über den Kopf gezogen.

Langsam wurde das Bild vor ihren Augen klarer. Sie saß offensichtlich in einem hölzernen Käfig am Rand eines größeren Raumes. Das Feuer im Kamin erhellte die Szene schwach, auf der rechten Seite gab es einen groben Tisch mit passenden Stühlen, links führten mehrere Türen aus dem Raum hinaus. Es gab keine persönlichen Gegenstände des Wesens, das hier leben mochte, was darauf hindeutete, daß dieser große Raum zum Empfang von Besuchern diente, offenbar auch der ungebetenen. Zu sehen war in dem rötlichen Licht allerdings niemand.

Die Frau setzte sich auf und untersuchte ihre Kleidung. Der Holzkäfig war nicht hoch genug, um darin zu stehen, registrierte sie. Natürlich hatte man ihr die Waffen abgenommen, und auch das Bündel mit der Ausrüstung, die jeder Abenteurer in den Mittellanden benötigte, um auf seinen Streifzügen in der Wildnis übernachten zu können.

Rheana war eine Nordland-Barbarin, groß und kräftig gebaut. Sie zweifelte nicht daran, daß es ihr gelingen würde, die Holzstäbe ihres Gefängnisses mit bloßen Händen zu zerbrechen. Allerdings würde das Geräusche machen, die die Bewohner bemerken würden. Und eine Flucht ohne wenigstens eine wärmende Felldecke für die Nacht war um diese Jahreszeit keine gute Idee. Also beschloß sie zu warten, wer ihre Gastgeber waren.

Ihre Geduld wurde nicht lange auf die Probe gestellt. Die Tür neben dem Tisch öffnete sich, und zwei schlanke Gestalten in dunklen Umhängen traten ein. Einer von beiden sagte etwas in zischenden und fauchenden Lauten, die sie nicht verstand. Die beiden (es waren Männer) legten ihre Umhänge ab und machten es sich in der Nähe des Feuers gemütlich.

Die Frau begriff, daß sie in ernsten Schwierigkeiten war, als sie im Lichtschein erkannte, daß beide schwarze Gesichter und weiße Haare hatten. Dunkelelfen.

Die Barbarin überlegte fieberhaft, was für Optionen ihr blieben. Auf ihren Reisen geriet sie nicht zum ersten Mal in Gefangenschaft. Meistens konnte man sich freikaufen oder freikämpfen. Allerdings hatten Dunkelelfen einen gewissen Ruf, was die Behandlung ihrer Sklaven anging. Denn das, so war sie sich sicher, war sie in den Augen der beiden Elfen am Kamin.

„Hey!", rief sie, spontan entschlossen, in die Offensive zu gehen, und rüttelte an den hölzernen Stäben des Verschlages. „Ich habe Hunger! Gebt mir was zu essen!"

„Hier gibt es nichts umsonst." Die Frau hörte eine Stimme mit deutlichem Akzent in ihrer unmittelbaren Nähe. Eine Dunkelelfenfrau stand am unteren Ende der Reihe aus drei Käfigen, von denen zwei leer waren. Sie war gerade dabei, die Tür auf dieser Seite hinter sich zu schließen und kam langsam näher, um ihre Beute näher in Augenschein nehmen zu können.

„Wenn Du essen willst, mußt Du arbeiten, Sklavin", sagte sie.

„Ich bin keine Sklavin", erwiderte Rheana empört und rüttelte an den Gitterstäben.

Die Elfin schien es zu belustigen. „Das wirst Du schon sehen", bemerkte sie mit einem verschlagenen Grinsen.

Die Abenteurerin betrachtete die Frau, die vermutlich die Herrin des Hauses war. Sie trug keinen Schmuck außer der feinen Silberstickerei am gesamten Rand ihres weiten schwarzen Gewandes.

„Wenn Du nicht für mich arbeiten willst, in einer Woche kommt ein Sklavenhändler. Eine Nordländerin mit blonden Haaren. Du bringst bestimmt einen guten Preis."

Die Dunkelelfin blickte die Frau forschend an. „Bei mir müßtest Du allerdings nicht die Nächte im Bett eines reichen Fettsackes verbringen. Überleg es Dir."

„Ich will raus hier!", rief die Barbarin. „Laß mich raus, und wir finden einen Preis, für den Du mich gehen lassen kannst."

Die Hausherrin unterdrückte ein Lachen. „Wenn Du mich noch einmal wie Deinesgleichen ansprichst, wirst Du es für lange Zeit bereuen. Du redest nur, wenn ich Dich frage. Und wenn Du antwortest, sprichst Du mich mit ‚Herrin‘ an. Hast Du das verstanden?"

„Ja."

„Wie war das?"

„Ja, Herrin", quetschte die Frau widerwillig heraus.

„Na, siehst Du, es geht doch." Die Gastgeberin lächelte falsch. „Weißt Du, meine Männer sind Krieger, sie machen hier nicht gerne sauber", setzte sie hinzu. „Ich könnte also gut eine Sklavin für den Haushalt gebrauchen, die ein bißchen aufräumt. Allerdings kann ich Dich erst dann aus Deinem Käfig lassen, wenn ich mir sicher bin, daß Du nicht weglaufen wirst."

„Ich werde nicht weglaufen." Rheana sagte es ohne rechte Erwartung, daß die andere Frau ihr glauben würde.

„Nein, das wirst Du auch nicht, da bin ich mir ganz sicher." Die Dunkelelfin sagte es und grinste die Menschenfrau durchtrieben an, ehe sie sich abwandte, um zu ihren Gefährten zu gehen. „Warte es nur ab."

Die Befürchtungen der Gefangenen bestätigten sich im Verlauf des Abends, als die Hausherrin mit ihren vier Männern geschlossen auf den Verschlag zukam. Ohne viel Federlesen zu machen, zerrte einer der Krieger sie aus dem Käfig, während die anderen die Fluchtwege verstellten. Einmal draußen, packten zwei der Elfenmänner ihre Arme, drehten sie auf den Rücken und drückten die Frau auf die Knie. Ein Entkommen war unmöglich.

Die Dunkelelfin kam mit siegesgewissem Lächeln auf ihre unfreiwillige Besucherin zu.

„Hier ist ein wenig Zaubertrank", sagte sie und hob eine bauchige kleine Flasche mit einer klaren Flüssigkeit. „Du kannst ihn freiwillig trinken, oder ich flöße ihn Dir ein. Na?"

„Niemals", preßte Rheana heraus. „Ich spucke Dir das Zeug ins Gesicht, wenn Du es versuchst."

„Immer noch so ungezogen, tz, tz", erwiderte die Elfin. „Na gut, dann eben mit Gewalt."

Sie nickte einem ihrer Helfer zu, der einen Trichter hervorzog, die Haare der Gefangenen packte und ihren Kopf nach hinten zog.

Der blieb nun nichts anders mehr übrig, als den Mund fest zuzupressen.

„Widerborstig." Die Gastgeberin lächelte nur belustigt. „Das gibt sich gleich." Sie drückte mit ihren schwarzen Fingern die Nasenlöcher der Menschin zu. Wie erwartet bekam die nach kurzer Zeit Atemnot und mußte den Mund zum Luftholen öffnen. Im selben Moment steckte der Trichter zwischen ihren Zähnen.

Mit hochgezogenen Augenbrauen goß die Dunkelelfin nun sorgfältig die klare Flüssigkeit in die Öffnung. Rheana verschluckte sich und hustete einen Teil wieder aus, doch von dem Trank gelangte genug in ihren Magen, daß sie ein Brennen spürte. Der Rest lief ihr Kinn hinunter und tropfte auf ihre Kleidung und die Amulette, die sie trug.

Die Männer ließen sie los, und die Barbarin blieb auf dem Boden sitzen. Ihr wurde seltsam warm, und sie spürte ein beklemmendes Gefühl in der Brust.

„Geht nicht fort, Herrin", rief sie der Hausherrin hinterher, die inzwischen durch den Raum zum Ausgang gelaufen war, und dachte im gleichen Moment, *was sage ich da?*

Etwas benebelte ihr Hirn. Was war das nur für ein Trank gewesen? Sollte er sie gefügig machen?

Die Nordländerin versuchte aufzustehen, doch ihre Beine versagten den Dienst. Bevor ihr vollkommen die Sinne schwanden, hörte sie noch, wie die Dunkelelfin in dem anderen Raum wie in Panik laut aufschrie.

Der Trank

Rheana kam wieder zu sich, als jemand sie anbrüllte.

„Was hast Du getan", schrie die Dunkelelfin sie verzweifelt an, „was hast Du mit mir gemacht?"

Die Frau bekam gerade noch mit, daß die Gastgeberin von drei ihrer Männer gewaltsam weggeschleppt wurde, ehe der vierte Krieger ihren eigenen Arm packte und sie auf die Beine stellte.

Die Barbarin war noch völlig benommen und registrierte zu spät, daß der Elf ein langes Messer gezogen hatte und sie offensichtlich töten wollte.

Die Menschin wollte sich losreißen, verlor vor Schwäche jedoch das Gleichgewicht und fiel wieder auf die Knie. Der Mann holte zum Hieb aus, stockte jedoch plötzlich und brach zusammen. Hinter ihm stand die Elfin mit einem blutigen Dolch.

„Ist Dir was passiert", fragte sie ihre Besucherin mit echter Besorgnis in der Stimme.

„Nein", lallte die Nordländerin. „Was war das für ein Zeug, Herrin?"

„Laß sehen, was Du da für Amulette hast", erwiderte die statt einer Antwort. Es klimperte am Hals der Barbarin.

„Ein Mondspiegel", entfuhr es der Dunkelelfin schließlich.

„Das erklärt es natürlich."

„Was ist denn mit mir los, Herrin", fragte Rheana benommen.

„Sag jetzt nicht, es wirkt bei Dir immer noch."

„*Was* denn?"

„Das war ein Liebestrank. Weil Du als Schutz ein Mondspiegel-Amulett trägst, ist die Wirkung aber auf mich zurückgeworfen worden", erklärte die Frau. Eigentlich sollte jetzt nur ich unter dem Einfluß des Zaubers stehen. Aber es scheint, bei Dir wirkt es trotzdem noch."

„Du bist so schön, Herrin… Göttin, was sage ich da?", entfuhr es der Abenteurerin.

„Siehst Du, Nordländerin, das frage ich mich auch die ganze Zeit. Ich habe wegen Dir drei meiner Männer getötet, der vierte ist auf der Flucht. Sie wollten Dich umbringen, um mich zu retten."

„Herrin, ich verdanke Euch mein Leben... das ist ja widerlich!", entfuhr es der Menschenfrau. „Ich sage Dinge, die ich gar nicht denken will. Aber ich fühle sie."

„Frag mich mal", erwiderte die andere. „Du bist eine ungewaschene Nordland-Barbarin von den Menschen, grob, ungehobelt, und... küß mich, mein blonder Engel."

Die beiden ungleichen Frauen schmachteten sich einen Augenblick lang an, ehe sie übereinander herfielen.

Rheana hatte noch die Geistesgegenwart besessen, die Dunkelelfin zu fragen, wo ihr Bündel abgeblieben war, und entrollte eilig die Felldecke auf dem Boden. Währenddessen war die Elfin schon ungeduldig dabei, die Verschlüsse der Lederrüstung der Frau zu öffnen, und dann umschlangen die beiden einander und zogen sich gegenseitig weiter aus, während sie sich heftig küßten.

Die Barbarin kniete über der schwarzen Nacktheit des Körpers der Elfin und begann, sie mit weiteren Küssen zu überschütten, was diese dazu brachte, vor Wonne ein beinahe miauendes Geräusch von sich zu geben.

Dann, plötzlich, warf die Hausherrin die Abenteurerin auf den Rücken und schwang sich rittlings auf die Hüften der Gefährtin. Sie legte die Hände auf die weißen Brüste, und ihre Finger begannen, mit den Brustwarzen zu spielen. Die Dunkelelfin lächelte, als sie bemerkte, wie die Knospen hart wurden und die Besucherin vor Erregung aufkeuchte.

Das Liebesspiel dauerte noch eine geraume Zeit, ehe das ungleiche Paar die erste Gier gestillt hatte. Schließlich lagen sie nebeneinander und sahen sich an.

„Warum wolltest Du mir einen Liebeszauber verpassen", fragte Rheana. Noch immer hielt sie die Hand der anderen Frau.

„Damit Du nicht einfach abhaust." Die Dunkelelfin machte ein schuldbewußtes Gesicht. „Und um Dich schmachten zu lassen vor Sehnsucht. Ich hab es versaubeutelt. Tut mir echt leid."

„Das sollte es auch, obwohl ich Dir im Moment gerade wirklich nicht böse sein kann", erwiderte die Nordländerin.

„Wie solltest Du das können." Die Elfin streichelte das blonde lange Haar der Barbarin, obwohl es nicht vollkommen sauber war.

„Kann man das irgendwie loswerden?", wollte die Menschin wissen.

„Muß ich nachsehen. Ich bin Magierin und habe einen Haufen Bücher über so etwas. Ein Liebeszauber muß sich eigentlich brechen lassen."

„Wie heißt Du eigentlich?"

„Osme", antwortete die Dunkelelfin. „Und Du?"

„Rheana", erwiderte die andere. „Nett, Dich kennenzulernen."

„Und Du hast einen schönen Namen."

„Ich sag Dir was", schlug die Gastgeberin vor. „Ich sehe in meinen Büchern nach, wie wir das wieder loswerden. Ich breche den Zauber, und Du gehst einfach. Ich hab hier genug Probleme am Hals. Mein vierter Mann ist geflohen, und ich befürchte, er holt Hilfe von unserem Clan. Wenn die uns zusammen so vorfinden, dann töten sie erst Dich und dann mich."

„Dann sollten wir uns beeilen", erklärte die Nordländerin.

„Er braucht zwei Tage, bevor er den Eingang in das Höhlensystem erreicht", erzählte Osme. „Also keine Sorge. Ich hoffe nur, daß ich etwas finde. Sonst müssen wir zusammen von hier weg."

„Wieso zusammen?", wollte Rheana wissen.

„Stell Dir doch einfach mal vor, Du gehst ohne mich von hier weg. Da ist die Tür. Zieh Dich an und geh. Wenn Du kannst", schlug die Elfin vor und sah ihre Gefährtin aufmerksam an.

Die machte sofort Anstalten, aufzustehen, besann sich dann aber und blickte zu dem ausgebreitet daliegenden schwarzen Körper der Dunkelelfin zurück.

„Ach so", sagte sie schließlich.

„Mhm", bestätigte die Gastgeberin. „Ich schlage Dir was vor: ich stöbere in meinen Büchern nach einer Lösung, und Du badest in der Zwischenzeit. Deine Sachen reinige ich magisch, und Wasser mache ich Dir auch magisch warm."

„Ich habe erst vor drei Wochen gebadet", wollte die Frau einwenden, aber ihre Gefährtin schnitt ihr knapp das Wort ab: „Ja, das riecht man auch." Osme blickte sie streng an. „Mach es für mich, Schatz."

Sie schien zu erschrecken und fragte sich dann mehr selbst: „Habe ich da gerade ‚Schatz' gesagt?"

„Hast Du, meine liebe Herrin", bestätigte Rheana und umarmte die andere noch einmal. „Wenn Du willst, kann ich auch Holz hacken für warmes Wasser."

„Magisch geht schneller."

„Also gut."

Beide standen von dem Bärenfell auf.

*

Verärgert klappte die Dunkelelfin das Hexametrigenium zu. Sogar dieses große Nachschlagewerk der Magie enthielt keine brauchbare Information darüber, wie ein von einem Mondspiegel reflektierter Zauber gebrochen werden konnte. Es gab nur vage Andeutungen, daß derartige Zauber *möglicherweise* nur von den Priesterinnen in den Mondtempeln gelöst werden konnten. Über einen teilreflektierten oder gar rückgekoppelten Zauber stand dort überhaupt nichts.

„Und, hast Du was herausgefunden?" Rheana stand, nur in ein weißes Leinentuch gewickelt, plötzlich im Schlafzimmer der Hausherrin, wo diese mit einem Stapel Bücher auf der Bettkante saß. „Ich bin übrigens fertig mit Baden. Willst Du auch noch oder soll ich das Wasser ablassen?"

„Danke, ich wasche mich morgen früh mit sauberem Wasser", erwiderte Osme. Sie atmete tief durch. „Wie es aussieht, ist das

Brechen oder Auflösen von gespiegelten Zaubern nicht so einfach möglich." Sie sah auf den Boden.

Die Frau setzte sich neben ihre Gefährtin auf die Bettkannte. Sie strich mit der Hand über die glänzende Bettwäsche. „Fühlt sich schön an," sagte sie.

„Das ist Seide", erwiderte die Elfin.

„Mhm", machte die Barbarin. Das Ende des Leinentuches rutschte ihr von der Schulter.

„Und die Wirkung des Trankes wird schlimmer. Ich merke das deutlich", erklärte die Gastgeberin leise. „Ich gerate in Hitze. Dabei ist meine Zeit überhaupt noch nicht."

„Was ist Hitze?"

„Paarungszeit. Haben Elfen nur ungefähr alle dreieinhalb Jahre", stellte die Dunkelelfin fest.

„Ach, Du meinst richtig Sex? Menschen können das immer."

„Deswegen merkst Du wahrscheinlich keinen Unterschied."

Osme sah zu der Gefährtin neben ihr. Sie bemerkte, daß die Brustwarze auf der sichtbaren Brust sich zusammenzog und hart wurde. Und erinnerte sich noch gut daran, was das bedeutete. „Oh nein", flüsterte sie.

„Was hast Du?"

Statt einer Antwort sah Osme die andere nur hungrig aus ihren roten Augen an.

„Wenn Du mich weiter so ansiehst, dann muß ich gleich nochmal baden", sagte die.

„Mhm", antwortete die Elfin. „Komm her. Ich will Dich."

Als die beiden Frauen atemlos ineinander verstrickt zur Ruhe kamen, bemerkte die Dunkelelfin, daß ihre Gefährtin weinte.

„Was ist mit Dir?", flüsterte sie. „Hab ich Dir wehgetan?"

„Nein", schluchzte Rheana, „es war so schön, es hat mich so tief berührt."

„Ich gebe sowas eigentlich nicht zu", erwiderte Osme. „Aber mich hat es auch berührt. Ich frage mich nur, was das eigentlich für ein Zaubertrank ist."

„Glaubst Du, das liegt nur an dem Zaubertrank? Ich hatte nämlich früher nie was mit Frauen." Die Barbarin beruhigte sich jetzt langsam.

„Ich schon", erklärte die Elfin. „Daran liegt es nicht. Die Wirkung hat sich ziemlich verstärkt."

„Wie lange dauert das eigentlich, bis die Wirkung vorbei ist?", wollte die Menschin wissen.

„Ähm, naja", sagte die Hausherrin unschlüssig. „Eigentlich hatte ich den Trank so dosiert, daß die Wirkung permanent ist…"

„Du hast was?" Die Nordländerin richtete sich empört in der violetten Kissenlandschaft auf. „Du wolltest mich für immer hier festhalten und schmachten lassen?"

Statt einer Antwort nickte die Magierin nur schuldbewußt. „Den Preis für diese überaus blöde Idee bezahle ich ja gerade", bemerkte sie kleinlaut.

„Allerdings. Nur ich eben auch."

„Es tut mir leid", flüsterte die Dunkelelfin. „Magst Du mich trotzdem noch ein bißchen?"

„Ich kann ja gar nicht anders."

„Dann küß mich", sagte Osme leise, und in ihrem Gesicht kämpften die Gefühle sichtbar miteinander, ehe sie noch leiser hinzusetzte: „Bitte."

„Wie kann ich meiner wunderbaren Herrin denn etwas verweigern", antwortete Rheana ebenso leise und beugte sich zu ihr herunter.

Als der Morgen zu grauen begann, lagen die beiden vollkommen erschöpft nebeneinander. Die Barbarin war schweißnaß.

„Göttin", keuchte sie. „Sowas habe ich noch nie erlebt. Mir tut schon alles weh. Wie oft war das eigentlich? Hast Du mitgezählt?"

„Ich glaube, fünfmal", erklärte die Dunkelelfin. „Ich kann einfach nicht von Dir lassen. Ich bete zu den Göttern, daß es nicht noch schlimmer wird."

„Ich auch. Aber es ist auch so schön."

„Du gewöhnst Dich wohl schon dran?"

„Es ist zu spät zum Aufhören", neckte die Barbarin ihre Gefährtin.

„Ich frage mich, welcher Idiot sich so heftige Zaubertränke ausdenkt", fragte die Magierin nachdenklich. Das ist doch gemeingefährlich. Selbst ohne einen Spiegeleffekt. Das Opfer wird einen doch auf Schritt und Tritt verfolgen."

„Ich habe ein paar Männer kennengelernt bei vergangenen Abenteuerreisen, denen ich das glatt zutraue. Die würden alles tun, um die Frau ihrer Wahl in ihr Bett zu bekommen", antwortete die Nordländerin trocken.

„Woher hast Du eigentlich den Mondspiegel?", fragte die Dunkelelfin unvermittelt.

„Den habe ich erst seit ein paar Wochen. Eine Reihe von Meilen westlich von hier war eine Böschung an einem Hügel, und da habe ich nach einem Unterschlupf gesucht, als plötzlich ein Gewitter losbrach. Es gab dort, völlig von Zweigen überwuchert, eine Erdhöhle voller Orkdreck. Da haben die wohl die Beute ihrer Opfer aufgeteilt, denn neben ihrem ganzen Dreck waren da eine Menge Gegenstände achtlos in die Ecken geschmissen. Das Amulett glänzte so schön, da hab ich es mitgenommen. Ich hatte keine Ahnung, was das ist", erzählte Rheana.

„Ja, die kleinen Kröten treibt im Herbst der Hunger aus den Bergen bis hier herunter", bestätigte die Elfin. „Meistens kann ich sie mit ein paar Lichtblitzen und Knalleffekten verjagen. Sie mögen keine Zauberinnen."

„Sie kommen hierher, weil sie Hunger haben?"

„Weswegen denn sonst?", fragte die Magierin. „Glaubst Du im Ernst, was sie Dir als Kind alles über die sogenannten Monster in der Welt erzählt haben? Du hast keine Ahnung, was die kleinen Dunkelelfen in den Höhlen über Menschen zu hören bekommen."

„Was denn?", wollte die Menschin wissen.

Osme sah die Frau ernst an. „Daß Menschen sich vermehren wie die Küchenschaben und alles Land für sich nehmen, es roden und Felder anlegen, daß sie die Berge abbrechen und mit den Steinen immer mehr Häuser bauen, daß sie alles einzäunen, daß es bald keinen Quadratmeter Boden mehr gibt, auf dem ein Nichtmensch sich frei bewegen kann, weil überall schon Menschen sind und uns verjagen."

„Das stimmt doch so gar nicht."

„Genau wie die Horrorgeschichten über Orks und Dunkelelfen." Die Dunkelelfin drehte sich auf die Seite und sah ihre unfreiwillige Gefährtin an. „Wir müssen weg hier. Ich werde ein paar Sachen zusammenpacken, die wir unterwegs brauchen können. Pack Du Deine Sachen auch, und dann nehmen wir soviel Proviant mit, wie wir tragen können."

„Nimm nicht zuviel mit", riet die erfahrene Abenteurerin ihr, „wir müssen das ganze Zeug vermutlich ziemlich weit schleppen. Es wird Dir schwer werden, und wir kommen langsam voran."

„Ich habe da so meine Möglichkeiten", erwiderte Osme und schmunzelte.

„Hast Du eine Ahnung, wohin wir gehen sollen?"

„Selenopolis", erklärte die Elfin. „In einem meiner Bücher ist ein Hinweis auf Mondtempel. In dieser Stadt ist der größte. Außerdem gibt es dort eine große magische Universität. Ich hab da ein paar Semester studiert. Wenn irgend jemand uns helfen kann, dann an diesem Ort."

„Und wenn nicht, müssen wir dann den Rest unseres Lebens zusammen verbringen?", fragte Rheana.

„Ich befürchte schon", bemerkte die Dunkelelfin.

„Da gäbe es schlimmere Schicksale", stellte die Barbarin fest. „Ich meine, abgesehen davon, daß Dein Clan und meine Familie uns jagen werden, um uns beide umzubringen, wenn sie uns kriegen."

Wald

Rheana fragte sich, ob ihre Gefährtin wirklich mit den Strapazen des Lebens auf einer Abenteuerreise zurecht kommen würde. Sie hatte zuerst damit angegeben, was sie alles mitnehmen würde, und war dann doch nur mit einer kleinen Gürteltasche, einem dicken Wollumhang mit großer Kapuze und einem zusätzlichen Gesichtsschleier aufgetaucht, als die beiden abmarschieren wollten. Zum Gehen benutzte sie einen auf beiden Seiten beschlagenen Stab, den sie hoffentlich auch als Kampfstab benutzen konnte. Ihr Haus hatte die Dunkelelfin so dekoriert, daß es wie ausgeraubt wirkte. Das würde erklären, daß so viele ihr wichtige Dinge fehlten, hatte sie erklärt.

Nur sah die Barbarin von alledem nichts an der anderen Frau. Sie selbst hatte ihr Bündel mit dem Bärenfell dabei, und selbstverständlich ihren Anderthalbhänder und Pfeile und Bogen für die Jagd, was genug Gewicht für eine längere Reise bedeutete.

Die beiden wanderten zügig durch den Wald und redeten nicht viel, um Atem zu sparen. Sie mußten wenigstens einen Tag Vorsprung haben, falls der Clan der Elfin beschloß, den Spuren der Flüchtigen zu folgen.

„Kannst Du noch?", fragte die Nordländerin die Magierin, als der Himmel sich nach einem kurzen Sonnenuntergang unter den dichten Wolken schnell zu verdunkeln begann.

„Ich denke schon", erwiderte die. „Wir sind heute Morgen spät losgegangen. Laß uns noch ein Stück weitergehen."

„Und wir haben wenig geschlafen", bemerkte die Barbarin. „Und wenn das lustige Tränklein weiter so wirkt, werden wir wohl heute Nacht auch nicht sehr viel Schlaf bekommen."

„Ja, da könntest Du recht haben." Osme sah sich um. „Dann laß uns einen versteckten Lagerplatz suchen."

„Ich hab schon einen gesehen", erwiderte die Abenteurerin, „aber wir müssen uns noch Feuerholz zusammensuchen."

„Brauchen wir nicht", stellte die Dunkelelfin fest. „Wir brauchen nur einen Platz, der nicht einsehbar ist. Den Rest habe ich dabei."

„Ähm, mein Schatz", sagte Rheana langsam. „*Wo* hast Du etwas dabei?"

„Hier." Die Frau öffnete ihre Gürteltasche und holte ein kleines, schäbig aussehendes Kästchen heraus.

„Da drin? Ist das magisch oder so?"

„Selbstverständlich."

„Und da ist alles drin, was Du mitnehmen wolltest?", fragte die Barbarin.

„Na klar."

„Da bin ich aber mal gespannt."

„Das da sieht gut aus." Osme zeigte auf eine Gruppe aus drei Bäumen, von denen der mittlere hohl war. „Es kommt nur darauf an, daß niemand aus Versehen in die offene Tür treten kann."

„Welche Tür?"

„Zeige ich Dir gleich. Komm in den hohlen Stamm", wies die Magierin ihre Gefährtin an.

„Wenn Du meinst..."

Die Elfin stellte das Kästchen nun in die Öffnung des Stammes, in dem die beiden kauerten, und öffnete es. Im selben Moment fuhr aus dem Inneren des kleinen Behälters ein langer Stab aus, und als er hoch genug war, öffnete er sich wie eine Schriftrolle zu beiden Seiten und erschien als eine einsame Tür, wie eine Hütte sie haben mochte. Nur daß dahinter keine Hütte war.

„Laß uns reingehen", sagte die Dunkelelfin leichthin und drückte den Türgriff. Die in der Luft schwebende Tür öffnete sich und gab den Blick frei auf einen Raum, der dem großen Raum in dem Haus, das die beiden Frauen heute morgen verlassen hatten, nicht unähnlich war.

„Das ist ja mal praktisch", sagte die Barbarin beim Eintreten verblüfft und sah sich um. „Hier drin hast Du also alles, was Du mitnehmen wolltest."

„Ja."

Osme langte an der staunenden Frau vorbei und schloß die Tür wieder. „Solange wir drin sind und die Tür zu ist, ist das Ding völlig unsichtbar", erklärte sie. „Man könnte uns nur überraschen, wenn man uns herauskommen sieht. Deswegen ist ein schlecht einsehbarer Platz nötig."

„Sieht fast wie bei Dir zuhause aus", sagte Rheana überwältigt. „Ist hinter der Tür da Dein Schlafzimmer?"

„Ja, mit der Seidenbettwäsche, die Du so magst."

„Oh Göttin. Ich darf nicht dran denken", antwortete die Nordländerin und versuchte sich abzulenken. „Ah, da hast Du Dein Bücherregal." Sie erkannte die Stelle, an der im Haus der Elfin das Nebengebäude anschloß, das es hier nicht gab. „Und eine Falltür hast Du in Deinem Haus nicht, oder?"

„Da sind die Vorräte drin. Und die Reisekasse", erklärte die Magierin knapp. „Letzteres würde ich Dir unter anderen Umständen nie erzählen. Allerdings weiß ich ja, daß Du mich im Moment nicht einfach ausrauben und davonlaufen kannst."

„Du hast einen Schatz mitgenommen?" In den Augen der Abenteurerin stand ein fiebriger Glanz. „Wieviel?"

„16000 Golddukaten." Die Dunkelelfin sah die Frau an. „Rheana, Magie ist teuer. Wenn wir einen Spezialisten finden, der den Zauber brechen kann, dann wird der uns nicht für ein ‚Dankeschön' helfen. So spezielle Magie ist sehr, sehr teuer. Was glaubst Du denn, womit ich soviel Geld verdient habe?"

„Durch Rauben und Stehlen. Nein, das ist leider kein Witz", erklärte die Menschin traurig. „Ich habe wirklich gedacht, daß ihr in dem Haus lebt und Reisende überfallt. So wie mich." Sie machte ein schuldbewußtes Gesicht.

„Du warst unserem kleinen Versteck einfach zu nahe. Sonst hätten wir Dich vorbeilaufen lassen."

„Deswegen wolltest Du mich nie wieder gehen lassen." Die Frau sah sich nachdenklich um.

„Die Alternative wäre gewesen, Dich zu töten", stellte Osme fest. „Um das Geheimnis zu wahren."

„Und der Sklavenhändler?"

„Es gibt unter meinen Kunden keinen Sklavenhändler. Das war einfach ein Trick", gab die Elfin zu.

„Na, Du bist ja eine."

„Was erwartest Du? Ich bin eine Dunkelelfin. Ich hab Dich immerhin leben lassen."

„Stimmt." Die Barbarin ließ endlich ihr Bündel auf den Boden plumpsen und legte ihre Waffen daneben ab. „Und jetzt habe ich Hunger."

*

„Na, vom Essen hätte ich mehr erwartet", nörgelte die Abenteurerin, als sie satt an dem Tisch saß. „Das ist ja ganz normaler Reiseproviant."

„Der muß doch haltbar sein", erwiderte die Elfin, die schon dabei war, mit ein paar Reinigungszaubern wieder Ordnung in der kleinen Küche zu schaffen. „Also gibt es Dörrfleisch, Stockfisch, Bohnen, gekochtes Getreide und all diese kleinen Leckerchen. Wenn wir weiter weg sind, kannst Du auch gerne mal etwas für uns jagen. Dann backe ich vielleicht auch ein frisches Brot."

„Hm." Die Barbarin schien unzufrieden.

„Sollen wir es uns gemütlich machen?"

„Ich dachte schon, Du fragst nie." Rhenana grinste. „Selbstverständlich."

„Küß mich doch erstmal."

„Sehr gerne, Herrin."

Eine ganze Weile später stand die Dunkelelfin wortlos auf, nahm die Hand ihrer Gefährtin und zog sie mit sich in das Schlafzimmer.

Als die beiden ausgezogen nebeneinander unter den Decken lagen, bemerkte die Barbarin: „Kaum zu glauben, daß wir mitten im Wald sind."

„Sind wir auch nicht", erwiderte Osme. „Das ist ein eigener Raum außerhalb der Welt."

„Versteh ich nicht."

„Mußt Du nicht. Wie wäre es damit." Etwas bewegte sich unter der Decke, und die Nordländerin quiekte. „Was machst Du denn da", wollte sie wissen.

„Gestern mochtest Du das", sagte die Elfin und lächelte listig.

„Oh ja, ich erinnere mich gut. Komm her. Ich will Dich."

Später in der Nacht lagen die beiden wieder erschöpft nebeneinander. Die Hand der Barbarin lag noch auf der Brust der Dunkelelfin.

„Was ist Dir da eigentlich passiert", fragte Rheana vorsichtig.

„Wo?", wollte Osme wissen.

„Na, Deine Brust. Die Warzen fehlen."

„Ach, Du Dummerchen", neckte die Elfin ihre Gefährtin. „Da waren nie welche. Elfen haben nicht solche Knospen wie ihr."

„So? Wie trinken dann die Babys bei euch?", wollte die Frau wissen.

„Oh, Milch kommt da schon aus der Haut. Die Kleinen müssen es eben ablecken", erklärte die Dunkelelfin.

„Was meinst Du, sollen wir ein bißchen schlafen? Ich bin ziemlich müde." Die Barbarin gähnte, daß ihr Kiefer knackte.

„Küß mich noch mal, und dann kuscheln wir uns zusammen", antwortete die Magierin.

Doch bis die beiden Frauen wirklich Schlaf fanden, dauerte es doch noch etwas länger.

Die Herbsttage zogen sich hin, und langsam wanderten die beiden Gefährtinnen immer weiter nach Süden im ausgedehnten mittelländischen Wald. Osme hatte gesagt, daß sie irgendwann auf die große Handelsstraße treffen mußten und dieser dann nach Osten folgen würden.

Das abendliche Liebesspiel wurde nach und nach ruhiger. Was allerdings blieb, war der Hunger nach der Nähe der jeweils anderen. Die Vorstellung, einfach zu gehen, war für beide Frauen nach wie vor unerträglich.

Osme und Rheana lagen nun viel beieinander und redeten. Eines Abends fragte die Dunkelelfin ihre Gefährtin nach ihrer Familie.

„Meine Familie ist groß", erzählte Rheana, „Mein Großvater ist der Jarl südlich des Fjords. Ich habe viele Tanten und Onkel, und natürlich auch Brüder, Schwestern, Kusinen und Cousins. Wir füllen alle zusammen ein kleines Dorf."

„Warum bist Du weggegangen?", wollte Osme wissen.

„Ach, ich sollte heiraten. Der Jarl auf der anderen Seite des Fjords wollte sich eine dritte Frau nehmen. Großvater meinte, das sei eine gute Gelegenheit, Verwandtschaftsbeziehungen über den Fjord hinweg zu begründen. Ich hatte aber keine Lust", sagte die Nordländerin.

„Und da bist Du weggelaufen?"

„Nein, das geht nicht so einfach. Das Land ist einsam bei uns. Ich habe ein paar meiner Brüder und Cousins gebeten, mich auf die Jagd mitzunehmen. Weißt Du, wenn bei den Nordland-Barbaren ein Jäger das erste Mal ein großes Tier auf der Jagd tötet, erhält er oder sie den Status eines Freien", berichtete die Frau.

„Und als Freie bin ich meine eigene Herrin. Niemand kann mir dann vorschreiben, wen ich heiraten soll, wenn ich Nein sage."

Sie machte eine kurze Pause, ehe sie hinzufügte: „Daher habe ich das weiße Bärenfell. Ich habe einen Eisbären erlegt. Bei so einer Trophäe konnte niemand Einspruch erheben und sagen, das gilt nicht, nur weil ich ein Mädchen war."

„Bei euch haben die Männer ziemlich viel zu sagen, oder?", stellte die Dunkelelfin fest.

„Oh, mein Großvater ist zwar der Jarl, aber wenn er nicht macht, was meine Großmutter sagt, dann hat er ein Problem." Die beiden Frauen lachten.

„Warum bist Du dann gegangen?", fragte Osme noch einmal.

„Weil die Welt so klein und eng dort wurde. Irgendwann waren alle meine Schwestern und Kusinen verheiratet, bekamen Kinder, und dann ging es um das erste Zähnchen, guck mal, mein Kleiner kann schon ein paar Schritte laufen, und so weiter. Ich bin davor weggerannt, weil mich alle strafend angesehen haben, daß ich nicht auch so lebte. Ich will aber so nicht leben, sondern frei sein."

Die Elfin lächelte und streichelte das blasse Gesicht ihrer Freundin.

„Wir sind uns ähnlicher als ich gedacht habe", sagte sie.

„Was ist mit Deinen Verwandten?", fragte Rheana.

„Wir leben in Clans. Es gibt keine festen Familien wie bei euch. Von uns Schwestern hat jede einen anderen Vater, wobei das auch keine Rolle spielt, weil bei uns nur der Muttersname Bedeutung hat", erzählte Osme. „Bei uns erwartet man von den Mädchen, daß sie zumindest einen Teil ihrer Jugend in einem der Tempel verbringen. Ich hatte keine Lust dazu. Weißt Du, wir verehren wie die Hochelben die Sternkönigin als Göttin. Aber warum das unter der Erde in tiefer Finsternis geschehen muß, das habe ich nie verstanden. In einem sehr alten Gebet heißt es nämlich ‚Wir sind die Kinder des Lichtes'. Wieso soll ich dann in der Finsternis hocken und fromm tun?"

„Bist Du deshalb weggegangen?", wollte die Menschin wissen.

„Indirekt ja. Es spielte unter meinen Freundinnen immer irgendwie eine Rolle, bis zu welchem Priesterinnengrad eine gekommen war. Das habe ich irgendwann so satt gehabt wie Du die Babygeschichten Deiner Verwandten. Ich wollte genauso frei sein wie Du. Glücklicherweise konnte mir niemand verbieten, auf der Oberfläche zu leben. Ich habe mein Yeni erreicht und bin damit eine Herrin und kann gehen, wohin ich will."

„Hast Du Magie hier oben gelernt?" Die Barbarin war wie gebannt von der Erzählung der Freundin.

„Oben und unten." Osme runzelte die Stirn bei dem Versuch, sich an Namen zu erinnern. „Es gab in den Höhlen auch schon Magierinnen, die nichts mit den Tempeln zu tun hatten. Hier oben lebten dann auch einige, und ich habe auch bei Menschen und Gnomen einige Dinge gelernt."

„Deshalb sprichst Du so gut Mittelländisch", stellte die Abenteurerin fest.

„Als Magierin muß man Sprachen kennen", schloß die Dunkelelfin ihren Bericht. „Ich bin dann irgendwann mit ein paar Gefährten aus meinem Clan, die auch die Nase voll von den Höhlen hatten, in den Wald gezogen. Übrigens war das Kästchenhaus hier unser erstes Zuhause. Das andere Haus haben wir nach diesem Vorbild gebaut."

„Deine Augen strahlen so", bemerkte Rheana.

„Deine auch."

„Hört die Wirkung von dem Trank vielleicht auf?", fragte die Menschin.

„Ich glaube, das ist die zweite Phase", erklärte die Elfin. „Die instantane Phase war dieser heftige Hunger aufeinander, den wir zuerst hatten. Die endet jetzt so langsam. So wie übrigens meine Hitze. Jetzt beginnt die Langzeit-Wirkung."

„Mhm." Die Barbarin schien nicht überzeugt. „Ich kann immer noch nicht die Finger von Dir lassen."

„Dann streichele mich doch. Ich habe es sehr gerne, wenn Du das tust."

„Mit Vergnügen, beste Herrin von allen."

„Was?" Osme begann zu lachen, und Rheana stimmte mit ein. Dann lagen sie wieder lange da, sahen sich an und genügten sich darin, einander nahe zu sein.

*

„Bist Du fertig?", rief die Dunkelelfin, die bereits an der Tür wartete, zurück in das magische Haus.

„Sofort." Die Nordländerin kam aus dem Raum mit dem Badezuber und band sich noch ihre langen blonden Haare auf. Ihr Bündel und ihre Waffen – Schwert und Bogen – lagen schon bereit, und die Elfin öffnete vorsichtig die Tür. Sie erschrak, als sie draußen Stimmen hörte.

Mit dem Finger vor den Lippen signalisierte sie der Gefährtin, keinen Laut zu machen, und versuchte zu verstehen, was die unerwünschten Besucher sagte. Sie erkannte zumindest die Sprache, es war Laindarin oder Grünelbisch, und bekam nach einiger Zeit mit, daß ein Fährtensucher wohl ihre Spur bis hierher verfolgt hatte.

„Was machen wir jetzt?" flüsterte Rheana ihr ins Ohr.

„Ich weiß nicht. Warten, bis sie verschwinden", erwiderte Osme auf die gleiche Weise.

„Ich glaube nicht, daß die einfach weggehen", flüsterte die Barbarin.

Die Befürchtungen bestätigten sich. Im Lauf des Morgens kamen noch weitere Elben an, darunter eine ehrwürdige Person (das war an der Art zu erkennen, wie die anderen mit ihm sprachen). Der Ehrwürdige schien auch über magische Fähigkeiten zu verfügen, die auch die Elfin spürte und der anderen zuflüsterte: „Er weiß, das wir hier sind."

„Kommt heraus", rief der Magier oder Schamane nun auf Mittelländisch, „ich weiß, daß ihr da seid. Euer kleines Versteck ist von unseren Bogenschützen umstellt. Ihr habt keine Chance zu fliehen."

„Oh nein." Rheana lockerte ihren Anderthalbhänder in seiner Scheide. „Das sieht nicht gut aus für uns."

„Warte noch." Die Dunkelelfin horchte weiter.

„Kommt heraus. Wir werden euch nichts tun. Ihr habt nicht gejagt in unserem Revier. Aber ihr vertreibt das Wild, wenn ihr hier länger herumwandert."

„Kann man Grünelben trauen?", flüsterte Osme. „Was meinst Du?"

„Was bleibt uns übrig? Wir können nicht ewig hier drin bleiben."

„Also gut. Wir gehen zugleich raus, damit ich mir als erstes das Kästchen schnappen kann. Denk dran, die Tür zeigt zum hohlen Baum. Wir müssen rückwärts raustreten." Die Elfin drehte sich um und zog die Tür ganz auf. „Auf drei. Eins, zwei, drei!"

Die Barbarin stieß sich ihren Ellenbogen an dem Stamm und fluchte, und die Dunkelelfin zog blitzschnell die Tür zu und griff nach dem Kästchen, das jetzt wieder sichtbar wurde. Sie hob es auf, noch ehe es sich ganz geschlossen hatte.

„In Ordnung, da sind wir." Die Abenteurerin war jetzt ganz in ihrem Element. „Wir wußten nicht, daß man hier nicht durchziehen und lagern darf."

„Ähm, gehört die zu Dir?" Der Grünelben-Schamane zeigte auf die Magierin. Hinter ihm standen sichtbar sechs Bogenschützen, die den Pfeil schon auf der Sehne liegen hatten, den Bogen aber noch nicht spannten. Die Nordländerin war sich sicher, daß noch dreimal soviele Grünelben unsichtbar im Unterholz, auf den Bäumen oder hinter ihnen bereitstanden.

„Wenn Ihr mich erzählen laßt, Herr", sagte die Menschin langsam, „das ist nämlich kompliziert."

„Also gehört sie zu Dir. Solche mögen wir hier nicht", erwiderte der alte Grünelb.

„Ja und nein."

„Was soll das heißen?"

„Ja, wir sind miteinander unterwegs, nein, das geschah nicht freiwillig", erklärte Rheana. Sie hatte die rechte Hand vom Schwertknauf genommen, um zu signalisieren, daß sie nicht kämpfen wollte.

„Da bin ich aber mal neugierig", entgegnete der Schamane und stützte sich auf seinen Stab. „Ich hoffe für Dich, daß Deine Geschichte gut ist, auch wenn sie nicht wahr ist."

„Wir hatten einen kleinen Unfall mit einem Liebestrank", erzählte die Frau nun. „Und jetzt können wir nur noch zusammen reisen. Wir sind auf dem Weg zu jemand, der uns helfen kann, den Zauber zu brechen. Ich meine, Ihr seht ja, wie schwierig es für jede von uns ist, auf andere Wesen zu treffen. In dem Zustand."

Der alte Elb begann schallend zu lachen, und einige der Bogenschützen lachten ebenfalls. Der Alte lachte so herzhaft, daß ihm die Tränen herunterliefen, und er beruhigte sich erst allmählich wieder. Dennoch überprüfte er die Behauptung, wie Osme bemerkte. Er tastete nach einer magischen Verbindung zwischen den beiden Frauen, die es natürlich überdeutlich sichtbar für einen Magier gab.

„Ich nehme an, sie" - er wies auf die Elfin - „wollte Dich zu ihrer Sklavin machen, oder?", fragte er schließlich, noch immer breit grinsend.

„Ja."

„Ist gründlich schiefgegangen, oder?" Er lachte wieder. „Na, wenigstens werdet ihr jede Menge Spaß miteinander haben."

„Könnt Ihr uns helfen, Herr?" mischte sich nun die Dunkelelfin in das Gespräch ein. „Wir würden wirklich gerne wieder jede ihres eigenen Weges ziehen können."

„Nein, tut mir leid. Ich bin Schamane, kein Tränkebrauer. Aber ich verstehe natürlich, warum ihr zusammen reisen müßt. Wo wollt ihr hin?"

„Nach Süden zur Handelsstraße, und auf der nach Osten. Wir wollen nach Selenopolis", erklärte die Magierin. „Ein Lehrer von mir lebt dort vielleicht noch."

„Na, dann wünsche ich euch viel Glück", erwiderte der Schamane. „Allerdings muß ich euch beide bitten, nicht gerade hier durchzuziehen. Hier kommen in den letzten Jahren immer mehr Abenteurer durch und verscheuchen das Wild. Ihr könnt passieren, wenn ihr euch einer anderen Gruppe anschließt, die gerade weiter im Westen lagert. Zwei von unseren Jägern werden euch hinführen.

Rheana sah zu Osme, die zuckte nur die Schultern.

„In Ordnung", erklärte die Abenteurerin.

Ailas, so hieß einer der beiden Grünelben, sprach etwas Mittelländisch. Er zeigte den beiden Frauen die Stellen, wo größere Gruppen gelagert und ihren Abfall zurückgelassen hatten. An manchen Stellen waren regelrechte Pfade zwischen die Bäume getrampelt. Das Tüpfelchen auf dem i waren dann noch die nicht vergrabenen Fäkalien.

Die Nordländerin bekundete ihr Verständnis für das abweisende Verhalten der Elben in solchen Fällen, und sie erzählte dem Führer von ihrer Heimat in den Nordlanden, wo es noch ausgedehnte unberührte Tannenwälder gab.

Der Grünelb bekundete im Gegenzug sein Mitgefühl für die Barbarin, die magisch an eine Dunkelelfin gefesselt war. Es war ein Gedanke, der ihn schaudern ließ.

Da die beiden Begleiter es nicht zuließen, daß Osme ihr Haus-im-Kästchen zum Übernachten nutzte (sie wollten die fremden Frauen lieber im Auge behalten), mußten die beiden zum ersten Mal auf dieser Reise im Zelt schlafen.

Die Dunkelelfin schimpfte etwas von Ungeziefer, als sie das große Bärenfell an einem Ast aufhängte und sämtliche unerwünschten Bewohner darin magisch tötete, bevor ihre Gefährtin es in das Zelt legen durfte.

Der Abend am Lagerfeuer war nicht sehr unterhaltsam. Einer konnte nicht an der Unterhaltung teilnehmen, die andere wurde ausgeschlossen. Die beiden Frauen zogen sich deshalb früh zurück.

Sie versuchten leise zu sein, doch der eine oder andere Seufzer oder ein Kichern ließ sich nicht unterdrücken. Der Zaubertrank hatte sie noch immer im Griff.

Am Morgen wurde das ungleiche Paar deshalb von den beiden Grünelben geradezu mitleidig angesehen.

Abenteurer

Am Nachmittag des nächsten Tages erreichten die beiden Gefährtinnen mit ihren elbischen Begleitern einen Lagerplatz, auf dem gerade eine andere Gruppe ihre Zelte aufbaute. Die beiden Grün-elben begrüßten den Führer der anderen Gruppe, und sie redeten ausgiebig. Während dieser Zeit standen die Barbarin und die Magierin etwas unschlüssig in der Gegend herum, beäugt von den mehrheitlich jungen Männern der anderen Gruppe. Schließlich kam Ailas zu ihnen und erklärte, daß sie beide nun mit diesen Menschen weiterziehen mußten, und stellte die beiden einem älteren Mann mit Namen Brun vor, der die Schar anführte.

Der Elb redete nochmals eine ganze Weile mit dem alten Mann allein, der offenbar nicht sehr erbaut über diesen Zuwachs der Gruppe war, er ließ sich aber am Ende beschwichtigen.

„Baut euer Zelt hier auf", wies Brun sie schließlich an. „Wenn ihr irgend etwas braucht, fragt Mari, die ist unsere Troßmagd und weiß, wo alles ist."

Als es schon dämmerte, saßen alle um das Feuer zwischen den Zelten herum, Rheana und Osme dicht beieinander. Über dem Feuer brutzelte lecker duftend ein Rehbraten, denn einer der Grünelben-Jäger hatte seine Jagdbeute bei der Gruppe gelassen. Nacheinander stellten sich alle der Schar vor. Die meisten von ihnen waren junge Burschen, die sich als Söldner bei einem der Fürsten im Westen verdingen wollten. Brun führte die Schar, er bezeichnete sich als Anführer der Jüngeren auf dem Weg dorthin.

Mari war mitgekommen, weil sie eigentlich auch kämpfen wollte, aber nur als als Troßmagd angenommen worden. Sie machte eindringlich klar, daß sie keinerlei Respektlosigkeiten von den anderen dulden würde.

Schließlich wendeten sich die Blicke den beiden Neuen zu. Der alte Mann fragte über das Feuer hinweg: „Was ist eigentlich mit euch? Der Elb hat vorhin gesagt, daß von der Schwarzen keine Gefahr ausgeht, aber auch, daß ihr beiden eure Geschichte lieber selbst erzählen solltet."

Osme sah ihre Freundin an. „Erzähl Du es", sagte sie knapp.

„Ja, was soll ich sagen", begann die Barbarin zu sprechen. „Uns ist ein ziemlich dummer Unfall zugestoßen, bei dem ein Liebestrank eine Rolle spielt."

Weiter kam sie nicht, denn die jüngeren Männer begannen zu johlen und zu pfeifen. Einige klatschten Beifall. Brun hatte Mühe, die Ruhe wieder herzustellen.

„Und jetzt sind wir unterwegs, um jemand zu finden, der uns von diesem Zauber befreien kann, was sich leider als nicht so einfach herausgestellt hat. Aufgrund der besonderen Umstände, ob wir es wollen oder nicht," - hier gab es wieder Gelächter - „müssen wir nun mal zusammen reisen, was sich bisher auch als nicht ganz einfach herausgestellt hat. An der Handelsstraße werden wir euch verlassen und uns nach Osten wenden."

„Deine Dunkelelfe ist also zahm?", rief einer der Burschen.

„Zahm ist sie nicht, genausowenig wie ich", erwiderte die Nordländerin schnippisch. „Und sie ist nur insoweit *meine*, wie ich auch *ihre* bin. Wir sind unfreiwillig ziemlich fest miteinander verbunden, wenn ich das mal so nennen darf. Falls einer von euch sich Hoffnungen gemacht hat – tut mir leid für euch, Jungs. Keine Chance. Bei keiner von uns beiden."

Ein kleiner Chor gab als Antwort ein enttäuschtes „Ooooooh" von sich.

In diesem Moment begann Mari, das Essen aufzutragen. Jeder erhielt ein Stück von dem Rehbraten und eine Schale gekochte Bohnen.

Während Rheana ihre Mahlzeit hungrig in sich hineinschlang, kostete Osme etwas ausführlicher von dem Fleisch.

„Mmh", sagte sie, „das ist sehr gut. Wie hast Du das gemacht?"

„Ach, Herrin, das ist nichts besonderes", erwiderte die Troßmagd, „nur ein paar Kräuter vom Wegesrand."

„Schmeckt mir sehr gut. Du mußt übrigens nicht ‚Herrin‘ zu mir sagen.“

„Danke.“

Neben der Dunkelelfin hatte die Barbarin inzwischen ihre Schale schon geleert und rülpste zufrieden.

Die Elfin runzelte die Stirn und wandte sich ihrer Gefährtin zu.

„Schatz, bitte“, sagte sie.

„Was denn?“

„Das Grunzen. Das muß doch nicht sein.“

„Aber es war lecker.“

„Ja, das glaube ich Dir“, erklärte Osme. „Aber wenn Du es langsamer ißt, dann schmeckt es länger gut, und Du bekommst auch nicht soviel Luft in den Bauch, die am Schluß wieder heraus will.“

„Aber...“

„Tu es für mich. Bitte. Hm?“

„Na gut“, sagte die Nordländerin und legte ihren Kopf auf die Schulter der Freundin. „Wie könnte ich Dir denn irgendetwas abschlagen?“

Später am Abend, als sich alle bis auf die Wachen in ihre Zelte zurückgezogen hatten, waren leise Geräusche von den beiden Frauen zu hören. Ein Seufzen, jemand kicherte, es wurde heftig geatmet, jemand stöhnte.

Es dauerte nicht lange, bis Brun vor dem Zelt der beiden stand.

„Mädchen, ich störe ja nur ungern“, sagte er laut genug, daß sie es hören konnten. Sofort wurde es drinnen still.

„Ich bin sicher, euer süßer Sirenengesang erfreut die Herzen der Jüngeren“, redete der alte Mann weiter, „und ich wette darauf, daß mindestens die Hälfte von ihnen schon fleißig an sich herumspielt. Aber ich bin alt und habe morgen einen anstrengenden Weg vor mir. Ich würde gerne etwas schlafen. Ich verstehe durchaus, daß ihr nur tut, was ihr tun müßt, so wie die Dinge liegen, aber könntet ihr es vielleicht etwas leiser tun?“

„Entschuldigung“, kam eine zaghafte Stimme aus dem Zelt.

„Gute Nacht."

„Nicht aufhören", keuchte die Dunkelelfin und spannte ihren Rücken, bis ihr Körper sich wie ein flacher Bogen wölbte. Schließlich entfuhr ihr der Seufzer der Erleichterung, und sie sackte in sich zusammen wie ein nasser Lappen und versank im Gefühlsnirvana.

Rheana breitete die Decke über ihrer beider Leiber und schmiegte sich an die Freundin an.

„Ach, Engelchen", flüsterte Osme, „Du kannst das so gut."

„Ich hatte eine gute Lehrerin", erwiderte die Frau. „Sag mal, warum nennst Du mich eigentlich einen Engel?"

„Wegen Deiner blonden Haare."

„Dann bist Du mein schwarzes Röslein."

„Warum?"

„Weil Du schön wie eine Rose bist, mein Schatz", erklärte die Menschin, „und weil Du auch Dornen hast."

„Na, das rettet dann ja meine Ehre", antwortete die Dunkelelfin und lächelte.

Eine besinnliche Pause entstand, ehe die Nordländerin fragte: „Haben eure Männer eigentlich auch zwei…?"

„Ja, klar."

„Wenn Du wüßtest, wieviele Menschenmänner von einer Romanze mit einer Elfin träumen. Das geht dann doch gar nicht", setzte die Barbarin hinzu.

„Alle Wesen haben ihre Träume und wollen nichts von der grauen Wahrheit wissen," bemerkte die Magierin. „Wo wir gerade von der Wahrheit sprechen, Du hast Dir heute wirklich eine echte Belohnung verdient."

Die Frau zwinkerte ihrer Gefährtin verschmitzt zu, und ihr weißer Schopf verschwand unter der Decke. Rheana spürte, wie ihre Beine auseinandergedrückt wurden, und begriff erst, was die Elfin mit ihr vorhatte, als sie vor Schreck tief Luft holen mußte.

Als schließlich auch die Abenteurerin im Nirvana der Gefühle schwebte, kam das Gesicht der anderen Frau wieder zum Vorschein. Sie schmunzelte, und als die beiden sich zärtlich küßten, schmeckte die Menschin ihr eigenes Salz.

Eine Weile trägen Herumliegens später sagte Rheana unvermittelt: „Ich habe nachgedacht. Wenn das hier alles vorbei ist, vielleicht können wir dann Freundinnen bleiben. Du bist nett. Für eine Dunkelelfin, meine ich natürlich."

„Ich vermute, das sollte ein Kompliment sein", bemerkte Osme.

„Warte es erstmal ab. Wenn der Zauber gebrochen ist, findest Du mich vielleicht ganz plötzlich nicht mehr nett."

„Das kann ich mir überhaupt nicht vorstellen."

„Laß uns schlafen", sagte die Elfin und kuschelte sich an ihre Gefährtin an.

Am Morgen, als die Sonne schräge gelbe Strahlen durch den Herbstnebel auf die kleine Lichtung schickte, öffnete sich das Zelt der beiden Frauen, und heraus kam die Dunkelelfin, nur bekleidet mit einer blauen Tunika, die ihr bis zum Oberschenkel reichte. Sie reckte sich ausgiebig und ging dann mit einem strahlenden Lächeln zu der Troßmagd, die bereits dabei war, den Rest der Glut vom Vorablend wieder zu einem Feuer zu schüren.

„Guten Morgen", sagte Osme mit honigsüßer Stimme, „ich mache uns gleich mal Teewasser heiß."

Ihr Blick fiel auf den Berg schmutziger Töpfe und Pfannen, die noch auf Mari zu warten schienen, und sie schloß kurz die Augen, um sich zu konzentrieren.

Als die Elfin kurze Zeit später mit einem der Töpfe über die taunasse Wiese zum Bach lief, um Wasser zu schöpfen, staunte die Frau nicht schlecht über das blitzblank bereitstehende Geschirr.

„Was ist denn mit der los", murmelte sie, „ist das wirklich eine Dunkelelfin?"

„Ich kann mir schon vorstellen, was da war", bemerkte der alte Mann, der hinzugetreten war und wissend schmunzelte.

Als das Wasser in der verbeulten Blechkanne im Feuer zu kochen begann, goß Osme das Getränk in zwei Keramikbechern auf.

„Engelchen", säuselte sie quer über den Lagerplatz hinweg, „der Tee ist fertig!"

Mehrere der jüngeren Krieger, deren Köpfe nach und nach in den Zeltöffnungen erschienen, sahen sich fassungslos an.

„Von *dem* Liebestrank hätte ich gerne auch was", flüsterte einer seinem Nachbarn zu.

Als nach dem Frühstück der Abbau des Lagers begann, stand einer der jungen Krieger wie zufällig neben der Barbarin.

„Wie ist es denn mit so einer?", fragte er vorsichtig.

Die Frau dreht sich um und zuckte die Schultern. „Was soll das?", fragte sie mißtrauisch.

„So ein Trank ist doch sicher eine nette Sache, oder?"

„Ach", gab sie zurück. „Glaub mir einfach, Du willst das nicht. Es ist ja nicht so, daß Du in der Situation die Wahl hast. Du mußt es einfach tun, egal, ob Dir schon alles wehtut, Du müde oder hungrig bist."

„Naja..."

„Nein, nicht naja. Es ist einfach blöd, wenn man sich nicht entscheiden kann, sondern praktisch gezwungen wird. Du wirst zum Sklaven eines Zaubertranks. Und der kennt keine Gnade."

Der Junge runzelte etwas enttäuscht die Stirn.

„Laß die Finger davon, ganz ehrlich", beendete die Frau das Gespräch.

*

Ein paar Tage später wanderten die beiden Frauen die Handelsstraße in Richtung Osten entlang. Die jungen Burschen unter der Führung von Brun waren samt Mari nach Westen abgebogen, die grünelbischen Führer in ihren Wald zurückgegangen, und Osme und Rheana hatten sich nach Osten in Richtung Selenopolis aufgemacht.

Die Handelsstraße war breit und mit hellem Staub bedeckt und in diesem Moment gerade ziemlich leer. Die Sonne stand in goldenem Herbstlicht tief hinter den beiden Frauen, die gleichmäßigen Schrittes dem Verlauf der Straße folgten.

„Sag mal, macht Dir das Licht eigentlich nichts aus", fragte die Barbarin ihre Freundin.

„Warum sollte es das?"

„Man sagt in manchen Gegenden, daß Dunkelelfen das Sonnenlicht scheuen", antwortete die Frau.

„Ach, Engelchen. Ich bin schwärzer als selbst die dunkelsten Menschen aus den tiefen Südlanden, wo die Sonne wirklich hoch am Himmel steht und sehr heiß brennt. Was soll mir etwas Sonnenlicht schon ausmachen", antwortete die Magierin.

„Wofür brauchst Du dann den Schleier?"

„Weißt Du, Sonnenlicht enthält sehr viel Wärme, und Wärme kann ich sehen. Manchmal wird das als Fähigkeit, im Dunklen sehen zu können, bezeichnet", erklärte Osme. „Ich kann deshalb insgesamt viel mehr Licht sehen als Du. Im Hochsommer kann das einfach blenden, wenn der Himmel mittags sehr klar ist und die Sonne hoch steht. Ein Schleier zum Schutz der Augen hilft da schon etwas."

„Ach so."

Die Dunkelelfin drehte sich um und sah ihre Gefährtin an. „Die Sonne in Deinen Haaren, was für ein Anblick. Du bist wirklich ein Engel."

„Ich dachte immer, Engel sind nur eine Legende", erwiderte Rheana.

„Ja, und vielleicht gibt es irgendwo in dieser Welt eine Gegend, wo die Leute denken, daß es Dunkelelfen gar nicht wirklich gibt. Wer weiß das schon?", schmunzelte die Elfin.

„Mein schwarzes Röslein, Du bist ja rettungslos romantisch", stellte die Frau aus den Nordlanden fest.

Die zuckte nur die Schultern und sagte: „Hm."

„Meinst Du wirklich, wenn der Zauber bricht, ist alles das weg?", fragte die Menschin leise. „Es wäre traurig, alle diese schönen Momente zu verlieren, und Du wärst wieder nur irgendeine Elfin."

Osme nahm ihre Hand. „Sehen wir erstmal, wie die Diagnose unseres Falles ist. Entscheiden, was wir dann tun wollen, können wir danach immer noch selbst."

Rheana hatte beim Anblick einer der alten Wegmarken eine gute Idee für einen Lagerplatz gehabt. Die grauen, stark verwitterten Monolithen mit abgebrochenen Spitzen hatten an den Seiten tiefe Nischen, in denen sie das Kästchen-Haus aufbauen konnten. Falls jemand beobachtete, wie die beiden aus der Nische traten, würde er wohl vermuten, daß sie im Schutz des großen Steines gelagert hatten.

Rheana wartete im Gras, während Osme noch im Schatten der Vertiefung das magische Kästchen einsteckte. Dann schritten sie im Morgennebel auf der Straße Richtung Osten, um die Grenzwache von Kenoria zu erreichen. Als die Sonne genug Kraft hatte, um die ersten Strahlen durch den aufsteigenden Nebel zu schicken, sah sich die Dunkelelfin um und bemerkte: „Der Herbst ist dieses Jahr wirklich außergewöhnlich schön."

„Da hast Du recht, Röslein", stimmte die Barbarin ihr zu und griff nach der Hand der Gefährtin. So früh am Morgen war noch niemand unterwegs, und die beiden Frauen gingen in dieser unbeobachteten Zeit manchmal Hand in Hand.

Etwa nach einer Wegstunde erreichten sie den Grenzposten des Königreiches. Die Grenze selbst war ein niedriger Erdwall, der oben mit Dornenhecken bepflanzt war, durchbrochen nur von der Handelsstraße an einem Tor mit zwei Postenhäuschen. Eine kurze Schlange von Reisenden wartete darauf, eingelassen zu werden.

Als Osme und Rheana endlich an der Reihe waren, zeigte ein älterer Soldat auf die Elfin und sagte: „Euch darf ich nicht einlassen, Herrin. Befehl vom neuen König. Keine Elfen in Kenoria."

„Aber wir wollen nicht in der Stadt bleiben", erklärte die Magierin. „Wir reisen nur durch. Wir wollen nach Selenopolis."

„Es tut mir leid, das geht auch nicht. Selbst, wenn Eure Freundin Euch am Halsband oder in einem Käfig hinter sich herziehen würde, es ist nicht möglich", erklärte der Mann. „Es tut mir leid, daß ich das so beleidigend erklären muß, Herrin. Der neue König hat das ohne Wenn und Aber festgelegt. Jeder Elf, der im Land aufgegriffen wird, hat sein Leben verwirkt, und ich fürchte, gerade mit Euch würde man am wenigsten nachsichtig verfahren."

Der Soldat nahm seinen Helm ab und machte ein schuldbewußtes Gesicht. „Bitte, denkt nicht schlecht von mir", versuchte er zu erklären, „und glaubt auch nicht, daß alle Kenorianer so empfinden. Aber er ist nun mal König jetzt, und ich muß ihm gehorchen. Es tut mir leid für euch, und ganz besonders für die drei armen Kerle dahinten." Er wies auf eine Stelle in der Ferne, an der auf dem Grenzwall drei Galgen zu erkennen waren. Die Krähen kreisten noch darüber.

„Das wird Krieg geben", sagte die Frau zu dem Menschen am Tor.

„Vermutlich", erwiderte der. „Was soll ich tun."

Statt einer Antwort wandte Osme sich ab, und Rheana, die die Unterhaltung natürlich gehört hatte, folgte ihr. „Und was jetzt?", fragte sie.

„Erstmal ein Stück zurück", erwiderte die Elfin. „Es gibt wahrscheinlich eine Menge Reisende, die davon betroffen sind. Vielleicht hören wir uns dort um, ob Gruppen einen Weg außen um dieses saubere Königreich herum versuchen wollen."

„Ein Stück weiter nach Westen liegt das Dorf Baldargon", erklärte die Barbarin. „Da gibt es eine große Gastwirtschaft, den ‚Hüpfenden Frosch'. Das ist der nächste Treffpunkt für Abenteurer, und ich vermute mal, dort werden die ganzen Elfen absteigen, die hier nicht weiterkommen."

„Wie gut es doch ist, wenn die Gefährtin eine erfahrene Abenteurerin ist", bemerkte die Magierin und lächelte die andere an. „Wir sollten keine Zeit verschwenden. Vermutlich ist dort schon fast alles ausgebucht."

Der Hüpfende Frosch war vollkommen überfüllt, das war schon von weitem zu erkennen. Gestrandete elfische Reisende hatten in der Not schon ihre Zelte im Hof der Gastwirtschaft und auf der Wiese hinter dem Anwesen errichtet. Ganze Gruppen von ratlosen Elfen standen herum und suchten nach einer Lösung für das Problem, noch irgendwo unterzukommen.
Als Osme und Rheana sich dazugesellten, dauerte es nicht lange, bis ein blasser hochelbischer Landsknecht die beiden zielstrebig ansteuerte.
„Meine Herrin wünscht Dich zu sehen", sagte er leicht blasiert zu der Dunkelelfin. Ihre Begleiterin würdigte er keines Blickes.
„Was will sie denn", fragte die Magierin argwöhnisch.
„Folge mir einfach." Der Mann wies auf den Eingang des Hauses und wandle sich zum Gehen. Der Frau blieb nichts anderes übrig, als hinter ihm herzugehen, wenn sie mehr erfahren wollte.
Die Nordländerin blieb natürlich dicht neben ihrer Freundin.
Zwei Wachen mit Lanzen bewachten den Eingang zum großen Saal im Erdgeschoß und ließen den Landsknecht und die Dunkelelfin eintreten. Der Barbarin, die folgen wollte, knallten sie ohne weiteren Kommentar die Tür vor der Nase zu.
Drinnen wartete eine hochelbische Hofgesellschaft auf die Besucherin. Rings um die Wände und an Türen und Fenstern standen lanzentragende Wachen. Die Hofgesellschaft selbst bestand aus Elben in phantasievoll bunten Uniformen und Damen in bunt bestickten Hofkleidern. Alle hatten kunstvoll frisierte Haare und gepuderte Gesichter. Viele von ihnen hoben ein Spitzentaschentüchlein oder einen Fächer vor die Nase, als Osme vorbeigeführt wurde und sie ihr leicht angewidert hinterhersahen.

„Die Herrin Miriel ar-Siridor, Nichte zweiten Grades von König Glorfindel dem Dritten von Siridor", rief der Herold im Raum laut aus, „verlangt in ihrer Weisheit Auskunft darüber, was Du hier zu suchen hast, *Moriquendi*."

„Herrin." Die Besucherin deutete eine knappe Verbeugung in Richtung des sitzenden Mittelpunktes der Gesellschaft an. „Mein Name ist Osme dil'Jheran, und ich stamme aus dem nördlichen Zipfel des Großen Waldes, gegenüber den Bergen am Hageltorhorn."

Sie konnte nicht sofort weitersprechen, weil vor der Eingangstür der Tumult immer lauter wurde. Es hatte erst einmal gescheppert, was es jetzt noch ein zweites Mal tat, und dumpfe Schläge gegen die hölzernen Türbohlen folgten.

„Herrin, wie Euer Hofmagus sicher bestätigen kann, besteht eine starke magische Bindung zwischen meiner Begleiterin und mir. Es wäre besser, sie einzulassen, damit sie nicht die Tür einschlägt. Kräftig genug dafür ist sie nämlich", rief die Dunkelelfin eilig.

Die auf einem Diwan Thronende beriet sich kurz mit einem älteren Elben in einem langen Gewand, ehe sie gelangweilt ein Handzeichen gab. Sofort wurde die Tür aufgerissen, und Rheana stürmte herein, gelangte allerdings nur bis zu den gekreuzten Lanzen der dort Wachenden. Osme lächelte ihr kurz zu, um zu signalisieren, daß ihr nichts geschehen war.

„Ihre Hoheit verlangt eine Erklärung für dieses ungeheuerliche Verhalten", rief der Herold wieder in den Saal. Der Hofmagier verließ seinen Platz neben dem Diwan und kam interessiert näher.

„Also gut", antwortete die Elfin. „Woher ich komme, habe ich ja schon kundgetan. Ich bin selbst Magierin."

„Schwarzmagierin", rief jemand aus der Gesellschaft.

„Magie hat keine Farbe, ebensowenig wie ein Schwert", antwortete die Besucherin. „Beide tun das, was der, der sie führt, in seinem Geist trägt, und das kann sowohl Gutes wie auch Böses sein. Was folglich nicht die Schuld von Magie oder Schwert selbst ist."

Als darauf keine Reaktion erfolgte, setzte die Frau ihre Erklärung fort.

„Warum wir unterwegs nach Osten sind, ist schnell gesagt. Wir suchen magischen Rat in Selenopolis, im Tempel oder der Universität, weil uns beiden ein Mißgeschick mit einem Liebestrank unterlaufen ist, und es gelingt uns nicht, den Zauber selbst zu brechen."

Das leichte Geflüster, das die Hofgesellschaft die ganze Zeit erfüllt hatte, wich sofort einem betroffenen Schweigen. Einzig die adelige Gastgeberin der Gesellschaft ließ ein gekünsteltes Kichern hören und erhob sich von ihrem Sitz. Sie schritt langsam auf die Besucherin zu und blieb schließlich direkt Angesicht zu Angesicht vor ihr stehen.

„Wolltest wohl wieder Dein Sklavenspielchen spielen, was?" Miriel gab noch einmal ihr gekünsteltes Lachen wieder, das die Hofgesellschaft jedoch nicht aufnahm. „Und es ist diesmal wohl gründlich schiefgegangen." Sie wandte sich zur Seite.

„Und Du hast ja einen *exquisiten* Geschmack bewiesen bei der Wahl Deines Haustierchens. Naja, Du magst ja sicher den Gestank von Verrottendem in Deiner Höhle."

Die Adelige schritt etwas um die Frau herum. „Und frag Dein Liebchen doch mal, ob sie lesen und schreiben kann", spuckte sie verächtlich aus. „Wirklich, *ganz* exquisit."

Osme versuchte, gelassen zu bleiben. Sie kochte innerlich und hätte der Hochwohlgeborenen sehr gerne einen Denkzettel verpaßt, wußte aber nur zu gut, daß das innerhalb von einer Hofgesellschaft und Massen von Wachen nicht klug war. Sie war froh, daß Rheana nichts von der Unterhaltung verstehen konnte und womöglich darauf reagiert hätte.

Doch die Hochelbin legte es offenbar darauf an, zu provozieren. Sie kam ganz dicht an das schwarze Ohr der Elfin heran. „Weißt Du was? Geschieht einer wie Dir recht, an so ein stinkendes Tier gekettet zu sein. Ich hoffe, Du bleibst es für den Rest Deines Lebens, als Strafe für alle Deine Untaten."

Sprach es und rauschte davon, um kurz darauf durch eine Hintertür den Saal zu verlassen.

Osme wandte sich ab, um zu gehen, als sie bemerkte, daß der hochelbische Magus neben sie getreten war.

„Auf ein Wort, Kollegin?"

„Ich glaube nicht, daß es nach dieser Ansprache noch etwas zu sagen gibt", erwiderte die Frau.

„Ich möchte um Entschuldigung für die Worte meiner Herrin bitten", erklärte der Elb, „sie ist zu unbedacht in ihren Äußerungen, und sie denkt wie viele meines Volkes leider nicht daran, daß wir von einer gemeinsamen Wurzel stammen."

„Was wollt Ihr?"

„Ich habe ein gewisses Interesse an eurem Fall. Mein Name ist Glorundel. Erlaubt mir, daß ich Euch und Eure Freundin nach draußen begleite. Habt Ihr schon eine Unterkunft?"

„Nein, die Wache holte mich unmittelbar nach unserer Ankunft hier sofort vom Hof", erwiderte die Frau.

„Laßt mich Euch helfen, als kleine Wiedergutmachung für die unfreundliche Begrüßung durch die Herrin."

„Hilfe ist willkommen", erwiderte die Elfin ganz neutral.

„Da bist Du ja." Rheana umarmte ihre Gefährtin sofort, als die Wachen die beiden durchließen. „Was war denn los?"

„Erzähle ich Dir später genauer. Der Kollege von mir möchte uns helfen, noch irgendwo ein Plätzchen zu finden. Und ich hoffe, die beiden Wachen vor der Tür leben noch", erklärte die Magierin.

„Ich hab ihnen nur eins mit dem Schwertknauf verpaßt", erklärte die Barbarin völlig harmlos.

„Ach, Engelchen", schmunzelte die Frau.

Glorundel ging ihnen nun voraus zu dem dicht umlagerten Katheder, an dem Reisende sich normalerweise anmeldeten. Ein sichtlich überforderter menschlicher Bediensteter erklärte dort immer wieder, daß leider alles bis zur letzten Ecke vollständig ausgebucht war und man absolut gar nichts mehr machen könne.

Der Hochelb gab ein verstecktes Zeichen, und der bedrängte Mann nickte ihm knapp zu. Unauffällig zog er an etwas hinter der Abdeckung des Katheders. Kurze Zeit später kam ein anderer Diener auf die drei im Hintergrund Wartenden zu.

„Ah, der Herr Magus Glorundel", begrüßte er den Gast, „was kann ich denn für Euch tun?"

„Besteht noch eine Möglichkeit, meine Kollegin hier und ihre Freundin irgendwo unterzubringen?"

Der Mann überlegte. „Vielleicht", sagte er, „es sind allerdings ungewöhnliche Gäste."

Sogar Rheana verstand diesmal, daß sich das auf ihre Freundin bezog.

„Es wird keine Probleme geben." Der Hofmagus sah Osme streng an. „Wird es doch nicht, oder?"

„Nein", antwortete die verdrießlich.

Der Diener steckte dem Hochelb unauffälig etwas zu. „Geht zu diesem Haus", sagte er, „für den doppelten Preis wie üblich werden sie es machen."

„Danke."

„Für Euch immer, Herr."

Die sogenannte Unterkunft war eine Box in einem ungenutzten Stall, immerhin mit frischem Stroh gefüllt. Die Bauersfrau wirkte zuerst unschlüssig wegen der Dunkelelfin, fragte schließlich aber doch nach einem Schutzamulett gegen Schwarze Magie, derer sie ihre mißgünstige Nachbarin verdächtigte. Als Osme sich hilfsbereit zeigte, konnten die beiden Frauen für ein Silberstück pro Person (plus dem Schutzamulett) bleiben.

„Das kostbarste Stroh, auf dem ich je schlafen werde", murmelte die Magierin, als sie endlich allein waren.

„Wir schlafen doch nicht wirklich im Stroh, oder?", wollte Rheana wissen.

„Nein. Wir bauen mit Deinem Fell hier ein scheinbares Nacht-
lager auf und verschwinden dann in das Kästchen. Die Bäuerin
hat hoffentlich zuviel Angst vor mir, um uns hier vor Tagesan-
bruch zu stören."

„Klingt gut." Die Barbarin warf das Bündel ab und begann, ihr
Bärenfell auszubreiten.

„Laß mich mal probeliegen." Die Elfin ließ sich nieder und zog
ihre Gefährtin zu sich herunter. „Ein bißchen Zeit haben wir
noch."

„Röslein, Du bist lüstern."

„So viel Zeit nun auch wieder nicht. Vielleicht reicht sie für ein
Küßchen von meinem Engelchen."

Eine Weile wurde es still in dem Stall. Schließlich sagte die
Nordländerin: „Diese Hochelbin hat vorhin etwas Böses über
mich gesagt, oder? Ich habe es an Deinem Gesicht gesehen."

„Sie hat über uns beide nicht sehr nett gesprochen."

„Was hat sie gesagt?"

„Engelchen, bitte..."

„Ich will es wissen."

Osme atmete tief durch. Schließlich erzählte sie leise: „Sie hat
Dich als Tier bezeichnet und mir gesagt, ich soll Dich fragen,
ob Du lesen und schreiben kannst."

„Vielleicht sollte ich diese Schnepfe mal fragen, wie lange sie
ein Schwert mit ausgestrecktem Arm halten kann", erwiderte
Rheana erstaunlich ruhig. „Und ich *kann* meinen Namen schreiben, ja. Natürlich nur in nordländischen Runen."

„Na, immerhin", bemerkte die Elfin und schmunzelte.

Nach dem nächsten Kuß fragte die Nordländerin unvermittelt:
„Kannst Du mir die Elfensprache beibringen? Dann kann ich einer solche Trine beim nächsten Mal gleich eine passende Antwort geben."

„Ach, Engelchen", belehrte ihre Freundin sie sanft. „Es gibt
nicht *die* Elfensprache. Es gab mal eine, in der werden aber
höchstens noch die Bücher für Zauberer verfaßt. Von der stammen die heutigen Elfensprachen alle ab. Meine Muttersprache

ist Morya, die Hochelben sprechen Calanya, die Grünelben Laindarin, die Grauelfen..."

„Ja, schon gut, ich hab es verstanden." Die Frau strich über die Wange der Gefährtin. „Es wäre schön, Deine Muttersprache ein bißchen zu verstehen."

„Die ist aber nicht so einfach zu lernen", erklärte die Dunkelefin. „Aber wenn Du es willst, fangen wir gleich an: ‚Acha' heißt Ja und ‚Vhech' heißt Nein..." - „Nein, nicht so, mehr wie das Fauchen einer Katze..."

Etwa zwei Stunden vor Sonnenuntergang fanden die beiden Gefährtinnen sich wieder im Hüpfenden Frosch ein. Rheana strahlte die zwei Hochelben-Wachen vor dem Saal mit ihrem schönsten Lächeln an, das die jedoch wenig erbaulich fanden und sie mißtrauisch beäugten. Osme übernahm den Part, nach dem Magus zu fragen, und sie mußten nicht allzulange warten, ehe Glorundel aus dem Saal zu ihnen kam.

„Freut mich, daß ihr beiden Wort haltet", sagte er zur Begrüßung. „Es gibt hinten im Schankraum kleinere Speisezimmer, wir können in einem davon ungestört reden."

Der Elfenauflauf vor dem Anmeldepult hatte sich aufgelöst, wer bis jetzt nichts zum Übernachten gefunden hatte, versuchte es anderswo. Der Schankraum war nichtsdestotrotz voll und laut, doch in dem angekündigten separaten Zimmer war es ruhig genug zum Reden.

„Ich habe mir erlaubt, etwas echten Ghax für uns aufbrühen zu lassen", erklärte der Magus. „Ist heutzutage nur schwer zu bekommen, aber ich habe noch einen kleinen Vorrat."

„Das Getränk der Götter", bemerkte die Dunkelelfin beeindruckt. „Das wäre aber nicht notwendig gewesen."

„Eine weitere Rate der Schuld, die heute Morgen durch die unfreundliche Behandlung seitens meiner Herrin auf uns geladen wurde", erklärte der Mann mit einem Schmunzeln.

„Ghax", versuchte Rheana nachzusprechen.

„Nein, mit Ch am Ende wie in ‚Dach‘", belehrte der Magus sie, ehe Osme korrigieren konnte.

„Ist das auch ein Morya-Wort?", fragte die Barbarin.

„Das weiß niemand, wo es herkommt und was es wirklich bedeutet", erklärte ihre Gefährtin.

Als das Getränk in den flachen Schalen dampfte, kam Glorundel zur Sache.

„Mich würde interessieren, wie der Zauber aus eurem Trank es geschafft hat, sich zu verdoppeln."

Die Elfin nippte an ihrer Schale und antwortete. „Meine Gefährtin trägt ein Mondspiegel-Amulett", sagte sie, „und das hat den Zauber natürlich reflektiert. Was dann genau passiert ist, weiß ich nicht. Am Ende hatte es uns jedenfalls beide voll erwischt."

„Ja, das merkt man immer noch. Dürfte ich das Amulett sehen, bitte", fragte er, „Mondspiegel sind nämlich ziemlich selten geworden. Ich hatte noch nie einen echten in der Hand. Und da sie immer teurer werden, sind im Moment reichlich Fälschungen im Umlauf."

„Ihr meint, eine Fälschung könnte die Verdopplung des Zaubers verursacht haben?" Osme war sichtlich erschrocken.

„Nein. Die Fälschungen bewirken einfach gar nichts."

Rheana hatte den betreffenden Anhänger mit seinem Band inzwischen abgenommen und legte ihn auf den Tisch. Sie pustete kräftig in ihre Teeschale und probierte dann einen Schluck. „Uh, ganz schön bitter. Aber gut."

„Ah ja", machte der Magus erstaunt und nahm den Anhänger in die Hand. „Ich darf doch…?"

„Nur zu." Die Barbarin nahm einen weiteren Schluck des bitteren Aufgusses.

„Zweifellos ein echter Mondspiegel." Der Magus lächelte und sah die Dunkelelfin an. „Wißt Ihr, ich prüfe das, indem ich nach der Energiesignatur Ausschau halte. Der Mondspiegel zeigt mir meine eigene, weil er den Zauber auf mich zurück spiegelt."

„Gute Idee", erwiderte die Dunkelelfin. „Aber wie kann ein Spiegel den Zauber verdoppeln?"

„Eigentlich ist die Bezeichnung falsch", erklärte der Hochelb. „Es müßte Mond*prisma* oder so heißen. Das Amulett spaltet einen Zauber in seine energetischen Bestandteile auf und fügt die in umgekehrter Reihenfolge wieder zusammen. So entsteht der Spiegelzauber. Etwas muß dazwischengeraten sein."

Der Magus sah die beiden Frauen nacheinander an. „Wie genau ist es geschehen? Könnt ihr das für mich rekapitulieren?"

Osme sah ihre Freundin an, die noch immer in die heiße Schale pustete. „Also, zuerst habe ich versucht, Dir den Trank einzuflößen", begann sie.

„Ja, und ich habe mich verschluckt und mußte husten. Einen Teil habe ich dabei ausgespuckt, einen Teil habe ich trotzdem trinken müssen."

„Wo ist das geblieben, was Ihr ausgespuckt habt, Nordländerin", fragte der Mann gespannt.

„Ich weiß nicht. Es muß runtergelaufen sein." Die Frau versuchte sich zu erinnern. „Mein Lederpanzer war trocken", sagte sie langsam. „Er hätte Flecken davon bekommen."

„Deine Tunika war vorne feucht. Ich weiß das, weil ich sie Dir ausgezogen habe." Die Dunkelelfin schämte sich etwas, das vor einem Hochelben (und Mann noch dazu) zuzugeben.

„Ist das da, wo Ihr Eure Amulette alle tragt?" Der Magus fragte die Menschin und lächelte, doch es schien nicht wegen erotischer Details zu sein, sondern weil er nahe an der Lösung war.

„Ja, genau da. Unter der Tunika."

„Ich vermute, der Trank hat den Spiegel benetzt, genau in dem Moment, als die Umkehrung des Zaubers begann", erklärte der Hofmagier. „Ja, so muß es sein. Ein Trank ist eine magische Flüssigkeit, er würde die prismatischen Bestandteile eines Zaubers also ein weiteres Mal aufspalten. Der Mondspiegel hat also *zwei* Zauber reflektiert, und einer davon ging in die falsche Richtung. Es ist nur eine Theorie, aber die beste Erklärung, die ich zur Zeit habe."

„Hilft uns das in irgendeiner Weise, den Zauber zu brechen?", fragte Osme vorsichtig.

„Falls meine Theorie stimmt, dann wäre das Resultat ein doppelt verschränkter Zauber. Man müßte beide genau gleichzeitig mit dem gleichen Gegenzauber brechen, sonst funktioniert es nicht", philosophierte Glorundel vor sich hin. „Ich habe da nicht viel Hoffnung. Wenn es überhaupt klappt, braucht man sicher eine Reihe von Versuchen dafür."

Er sah zu der Elfin, die nach dieser Antwort etwas mutlos vor sich hinblickte. „Aber das ist natürlich nur eine Theorie. Es kann gut sein, daß ich mich irre", setzte er schnell hinzu.

„Gut, Herr, ich danke Euch dafür, daß Ihr wenigstens versucht habt, uns zu helfen", erwiderte die Magierin.

Als die beiden Frauen zurückgingen (die Bäuerin hatte angekündigt, bei Sonnenuntergang das Hoftor abschließen zu wollen), sagte Osme: „Meine Hitze ist übrigens fast zuende. Wenn wir nochmal Erleichterung wollen, dann ist heute vermutlich die letzte Gelegenheit."

„Nur, wenn es Dich aufmuntert, Röslein", antwortete Rheana. „Du bist so nachdenklich geworden."

„Wenn es stimmt, was der Magus gesagt hat, dann sind wir nicht mit einer, sondern mit zwei miteinander verdrehten Ketten aneinander gefesselt", erklärte die Dunkelefin.

„Für mich macht das keinen Unterschied", stellte die Barbarin fest. „Ich kann mich aus beidem nicht befreien."

„Komm mit nach Hause, und dann halt mich einfach fest, Engelchen."

„Alles, was Du willst, Röslein."

Spät am Abend stand Osme in der offenen Scheunentür und sah hinauf in den Sternenhimmel.

Rheana kam nach einiger Zeit hinzu und sagte leise: „Ach hier bist Du."

Sie drückte der Gefährtin das hölzerne Kästchen in die Hand und bemerkte: „Abenteurerregel Nummer eins: wisse immer, wo Deine wichtigsten Sachen sind."

„Hast Du deshalb Dein Schwert dabei?"

„Ja genau. Man weiß nie, ob nicht jemand durch eine geheime Hintertür hereinschleicht", erklärte die Barbarin.

„Gut, daß ich Dich habe. Guck mal, wie schön die Sterne sind", sagte die Dunkelelfin. „Man sieht die Spindel schon. Der Winter ist nicht mehr weit."

„Es ist schade, daß ich Dir den Winterhimmel in meiner Heimat nicht zeigen kann", erwiderte die Nordländerin und legte den Arm um ihre Gefährtin. „Die Winternächte sind lang und dunkel bei uns, und bei Frost ist der Himmel eine Pracht. Wenn eure ‚Spindel' der lange milchige Fleck ist, dann heißt er bei uns ‚die Wiege'."

„Genau. Würde ich gerne mal sehen", antwortete die Elfin und schmiegte sich an ihre Freundin.

„Und im Sommer gibt es keinen Milchfleck, nur Sterne."

„Mhm." Rheana streichelte das weiße Haar der Frau. Nach einer langen Pause sagte sie: „Wir haben schon soviel zusammen erlebt, das wunderschön war. So wie diese sternklare Nacht. Meinst Du, das ist alles weg, wenn der Zauber bricht? Ist die Erinnerung daran dann weg? Ich möchte das nicht verlieren. Es hat doch nichts mit einem Liebestrank zu tun. Die Nacht wäre ohne ihn doch genauso klar und schön."

„Da hast Du recht", erwiderte Osme. „Ich weiß es einfach nicht. Theoretisch sollte der Trank nur den Hunger aufeinander bewirken. Alles andere ist doch normal geblieben."

„Aber auch ohne den Hunger auf Dich bist Du einfach eine wunderbare Freundin. Wahrscheinlich die beste seit meiner Kindheit. Ich möchte Dich nicht verlieren."

„Engelchen, ich möchte Dich auch nicht verlieren. Es macht so einen Spaß, mit Dir auf dieser Queste zu sein. Auch ohne daß wir unseren Mitreisenden durch unser Liebesgestöhne den Schlaf rauben." Die Dunkelelfin mußte unwillkürlich kichern.

„Ich glaube, ich bin viel zu lange in dieser muffigen Hütte im Wald versauert. Ich fühle mich so lebendig, seit wir von dort weggegangen sind."

„Röslein… können wir nicht einfach diesen blöden Zaubertrank vergessen und weiter glücklich mit dem sein, was wir haben?", fragte die Nordländerin vorsichtig.

Die Elfin drückte sie an sich. „Das würde ich gerne", antwortete sie, „aber ich werde das Gefühl des Eingesperrtseins nicht los. Ich muß frei sein. Am liebsten mit Dir."

„Könnten wir nicht zusammen frei sein?", schlug die Barbarin vor. „Es ist ja nicht so, daß wir irgendwo angebunden sind. Wir sind nur aneinander gebunden. Solange wir zusammen sind, können wir doch alles tun und überall hingehen."

„Ja, das wäre nicht schlimm, das stimmt. Engelchen, Du bist die Beste."

Rheana legte ihre Hand sanft auf die Brust der Freundin. „Wie war das eigentlich mit ‚Heute letzte Gelegenheit'?"

„Mmh", machte Osme. „Dann laß uns reingehen."

Umweg

Am Morgen war schon wieder eine Menge Betrieb auf der Straße vor der Gastwirtschaft. Osme und Rheana mischten sich unter die herumstehenden Gruppen, um Ausschau nach bekannten Gesichtern zu halten. Aus Wortfetzen, die sie beim Vorbeigehen mithörte, erfuhr die Dunkelelfin, daß seit dem frühen Morgen schon wieder neue Gestrandete dazugekommen waren.

„Da ist Ailas", sagte sie zu ihrer Begleiterin. „Versuchen wir es. Die Grünelben haben uns beide wenigstens schon mal gesehen."

Der Blick des Mannes bemerkte die beiden Frauen, als sie auf ihn zukamen.

„Die beiden Turteltäubchen", schmunzelte er zur Begrüßung. „Ich hatte gehofft, euch hier noch anzutreffen."

„So?" Die Magierin sah ihn neugierig an.

„Ich wollte zum einen natürlich wissen, ob ihr die Wahrheit gesagt habt, was offensichtlich der Fall ist, sonst wärt ihr hier nicht gelandet. Zum anderen hatte ich die Hoffnung, daß eine Dunkelelfin vielleicht etwas magische Unterstützung zu einer Gruppe beisteuern kann, die den Weg nördlich um Kenoria herum versuchen will."

„Damit meint Ihr sicher Kampfzauber", vermutete die Elfin. „Ja klar, habe ich einige. Was darf es denn sein?"

„Falls dort am Waldrand Räuber lauern – und davon gehe ich aus – werden sie wissen, daß eine große Gruppe aus Elfen mit vielen Bogen bewaffnet sein wird. Also werden sie sich mit Schilden schützen", erklärte er. „Etwas zum Zerbrechen von Holzschilden wäre hilfreich."

„Blitzschlag", gab Osme zurück. „Wirkt bei Metallschilden noch viel besser, auch wenn der Schild dabei heil bleibt." Sie grinste böse.

„Auf so etwas hatte ich gehofft." Sein Blick wandte sich Rheana zu. „Euch, Nordländerin, brauche ich nach Euren Fähigkeiten zu kämpfen wohl nicht lange fragen."

„Nein", erwiderte die und grinste, die Hand auf den Schwert-knauf gestützt.

„Also gut, dann seit ihr beide dabei. Wir haben sonst noch eine kleine Gruppe grünelbischer Jäger, und die Schwertkämpfer der Grauelfen da hinten kommen auch mit. Die haben auch ihren eigen Heiler dabei."

„Keine von den Hochelben?", fragte die Magierin wie beiläufig.

„Nein", erwiderte Ailas. „Ihre langen Lanzen wären zwischen den Bäumen auch keine große Hilfe. Außerdem hat Hochwohl-geboren keine Lust, ein Stück des Weges zu Fuß zu gehen."

„Ich hatte bereits das Vergnügen, die Dame kennenzulernen", erwiderte Osme trocken. „Eine wahre Zierde des ganzen Elfen-geschlechtes."

Statt einer Antwort begann Ailas zu lachen, und die Frau stimmte nach einer Pause mit ein, als der Grünelb sich nicht be-ruhigen konnte.

„Was lacht ihr da", wollte Rheana wissen, die von dem Ge-spräch fast nichts verstanden hatte.

„Nichts Wichtiges", erklärte ihre Gefährtin, „wir haben nur über die – wie nanntest Du sie – Schnepfe gesprochen."

„Na die soll mir über den Weg laufen", grollte die Barbarin. „Die falte ich sowas von zusammen."

„Ich sehe, wir verstehen uns." Der Anführer der Jäger klopfte der Nordländerin auf die Schulter. „Bereitet euch vor, ich sage den anderen Bescheid, und wir sammeln uns dann am Zaun des letzten Hauses neben der Straße."

Als die beiden Frauen in der Nähe der Grauelfen stehen blieben, wurden sie von diesen zunächst mißtrauisch beäugt.

„Was machst Du da?", fragte die Dunkelefin, als die Abenteure-rin ihr Bündel aufzuschnüren begann.

„Mich auf einen Kampf vorbereiten", erwiderte die Gefährtin, „und das würde ich Dir auch raten. Ich weiß, daß Magier keine Rüstung tragen."

„Ich habe Heiltränke", erklärte die Elfin.

„Dann hab sie griffbereit. So etwas gehört in Deine Gürteltasche. Manchmal muß es schnell gehen", belehrte die Freundin sie.

„Hab ich gemacht."

„Gut, Röslein."

Während die Nordländerin weitere Teile ihrer Lederrüstung anlegte, darunter Schulterschützer und nietenbeschlagene Stulpenhandschuhe, fragte Osme wie beiläufig: „Du hast doch schon mal zusammen mit Magiern gekämpft, oder?"

„Mhm."

„Dann weißt Du, daß ich mich vor einem Zauber eine Weile konzentrieren muß, und mich in dieser Zeit nichts berühren darf?"

„Ja, weiß ich. Deswegen wirst Du schön hinter mir bleiben, wenn der Kampf beginnt, mein Röslein." Die gerüstete Barbarin stand auf und schwang ihr Schwert ein paar Mal probehalber, um sicherzugehen, daß alle schützenden Teile ihrer Ausrüstung richtig befestigt waren und sie nicht behinderten.

„Engelchen, hast Du keinen Helm?", fragte die Frau, als die Gefährtin sich hinkniete, um ihr Fellbündel wieder zusammenzurollen.

„Noch keinen passenden gefunden", erklärte die Nordländerin knapp. Sie warf das Bündel über ihre Schulter und besah sich ihre gepanzerten Hände. „Hätte nie gedacht, daß ich im Herzen der befriedeten Mittellande so aufgerüstet herumlaufen muß", sagte sie.

„Wer weiß, wie lange das hier noch friedlich bleibt. Die Elfenkönigreiche werden sich das von Kenoria nicht lange gefallen lassen."

Die Gruppe folgte dem abschüssigen Hang, als sie den Waldrand erreicht hatte. Im Schutz der Bäume, deren Blätter schon im vollen Gelb standen und zu fallen begonnen hatten, schwärmten die Jäger der Grünelben als Kundschafter aus. Die schwerer gerüsteten Grauelfen folgten, und Osme und Rheana

hielten sich in der Nähe der Nachhut aus Grünelben-Bogen-
schützen auf.

Es dauerte nicht lange, ehe die kenorianische Grenzbefestigung
in Sicht kam. Sie endete an dem Bach, der am Waldrand floß
und der ab hier die Grenze zum Wald der Grünelben bildete.

Die Männer und Frauen bemerkten, daß sie von der gegenüber-
liegenden Seite von Grenzpatrouillen beobachtet wurden, die
ganz offensichtlich notfalls das Betretungsverbot mit Gewalt
durchsetzen wollten.

Das Marschieren auf dem unebenen und abschüssigen Wald-
hang war alles andere als angenehm. Sie kamen nur langsam
voran, und das lose herumliegende trockene Herbstlaub sorgte
dafür, daß die Gruppe auch aus einiger Entfernung noch gut zu
hören war. Als sie gegen Mittag rasteten, um etwas Wegzeh-
rung zu essen, beobachtete Rheana, wie einer der Späher zu-
rückkam und aufgeregt mit dem Anführer der Grünelben
sprach. Kurz entschlossen stand sie auf und ging hinüber, um
nachzufragen.

„Wie ich es mir dachte", antwortete Ailas, „etwa eine Wegstunde voraus ist eine Engstelle. Ein paar wüst aussehende Gestalten mit Waffen halten sie besetzt."

„Na, so eine Überraschung. Ich frage mich, ob das Freunde von
denen da" - sie zeigte mit dem Kopf Richtung der kenorian-
schen Felder jenseits des Baches - „sind, wenn die so gut vorbe-
reitet sind."

„Das ist so. Wir beobachten sie schon länger. Sie werden von
den Grenzpatrouillen mitversorgt."

„Der König von Kenoria ist wirklich auf Ärger aus", stellte die
Barbarin fest.

„Und den wird er auch bekommen, das ist klar." Der Grünelb
wandte sich ab und sagte noch: „Erzählen wir es den anderen."

Als sie in der Nähe der Engstelle ankamen, stand dort einer der
Anführer mit einem großen Rundschild und einem kurzen
Schwert vor einem Haufen seiner Spießgesellen.

„Hier geht's nicht weiter", brüllte er selbstsicher, „nur wer seine Schätze und seine Waffen als Wegezoll abgibt, den lassen wir passieren."

Ailas stapfte entschlossen nach vorne. „Das hier ist der Wald, der den Grünelben gehört", rief er zurück, „und Du und das Pack bei Dir habt kein Recht, hier irgendwelche Forderungen zu stellen. Verschwindet augenblicklich von unserem Land über die Grenze und gebt den Weg frei."

„Verschwindet ihr doch über die Grenze", kam prompt die Antwort, und der Räuberhaufen lachte und johlte, wohl wissend, was Elfen dort erwartete.

Der Räuberhauptmann erspähte den blonden Schopf der Barbarin. „Und die Nordländerin könnt ihr uns auch da lassen", setzte er noch hinzu.

Osme preßte zornig die Lippen aufeinander. „Dem schieße ich gleich den Kopf weg", murmelte sie erregt.

„Laß gut sein, Schatz", hielt ihre Gefährtin sie zurück. „Der Tanz geht gleich los, und wenn Du ihm eins verpassen willst, halte einen Schritt tiefer. Das wird er ziemlich lange nicht vergessen."

Jetzt war es Rheana, die böse grinste.

„Engelchen, Du bist großartig."

Die Grauelfen und ein Teil der Jäger begannen jetzt, möglichst hoch am Hang vorzugehen. Die Räuberbande schickte daraufhin eine Gruppe ihrer Kämpfer am Bach entlang los, um den Elfen in die Flanke zu fallen.

„Jetzt könnte ich eure Hilfe gebrauchen." Ailas war zu den beiden Frauen getreten.

„Valiana und ihre Grauelfen versuchen, über die Feinde zu kommen und dann auf ihre Hauptmacht herunterzustoßen. Wir müssen ihnen den Rücken decken gegen die da." Er zeigte hinunter zum Bach, wo eine Schar Räuber eine Linie aus Schwertern und Schilden gebildet hatte und langsam den Hang hinaufmarschierte.

„Kriegen wir hin", erwiderte Rheana.

„Du deckst am besten die Magierin", wollte der Mann sagen, doch die Barbarin begann einfach zu kichern und erwiderte dann trocken: „Später."

„Nein, nicht das", korrigierte er schmunzelnd, „es geht darum, daß Osme die Schilde der Feinde zerbricht. Die Bogenschützen werden die Lücke dann sofort nutzen können."

„Alls klar." Die Frau grinste immer noch. Sie hielt ihren Anderthalbhänder mit beiden Händen kampfbereit vor sich. Die Dunkelelfin schloß die Augen und sammelte sich. Als sie die Hand ausstreckte, begann die Luft um ihre Fingerspitzen violett zu glühen. Sie spuckte ein Morya-Wort aus, und ein Blitz schlug mit einem lauten Knall in die Mitte der Schildträger ein. Holzsplitter flogen zu Seite, und nur einen Moment später schossen die ersten Pfeile auf den ungeschützen Räuber zu.

Drei- oder viermal wiederholte sich dieser Vorgang noch, bis die Dunkelelfin bemerkte: „Ich bräuchte bald mal eine kurze Pause."

Die Schildreihe war merklich kürzer geworden und rückte auch nicht mehr so entschlossen voran. Als der nächste Blitz einschlug, ließ der Getroffene sein Schwert fallen und rannte panisch den Hang hinab zum Bach zurück.

Das war das Signal, dem die Spießgesellen folgten. Der erste Angriff von dieser Seite war abgeschlagen.

„Die kommen wieder", bemerkte der grünelbische Anführer.

„Denke ich auch", stimmte die Nordländerin zu.

Von oben war Kampflärm zu hören.

„Na, Röslein?" Rheana trat zu ihrer Gefährtin. „Ist leider noch nicht vorbei."

„Eine kurze Verschnaufpause reicht mir."

„Sie kommen schon." Ailas tippte die Kämpferin an. Die folgte ihm sofort.

Die Angreifer hatten sich neu formiert und offensichtlich auch Verstärkung bekommen. Die Schilde hatten sie jetzt überlappend formiert, so daß ein Blitztreffer nicht gleich ein Loch in ihren marschierenden Wall reißen würde, was ihnen Zeit verschaffte, Ersatzschilde von ihrem Rücken nach vorne zu ziehen.

Osme schickte zweimal Blitze, die zwar je einen Schild zerschmetterten, aber die Schildreihe als Ganzes blieb davon unberührt und rückte immer weiter vor. Schon steckten die hölzernen runden Flächen voller verschwendeter Pfeile der Grünelben.

„Ich mache das", verkündete die Barbarin. Sie stemmte den Schwertknauf gegen ihre Schulter, die Klinge waagerecht nach vorn, und faßte mit der freien Hand die Fehlschärfe der Klinge. Ehe sie jemand aufhalten konnte, rannte sie mit einem schauerlichen Kampfschrei den Hang hinunter auf die vorrückende Schildreihe los.

„Menschen", bemerkte einer der elbischen Bogenschützen mit einem Kopfschütteln.

„Sieht aus wie ein Lanzenreiter", antwortete der andere darauf.

„Ja, Pferd und Reiter zugleich." Beide kicherten.

Der Aufprall der schweren Frau auf die Reihe war heftig. Die Spitze des Schwertes traf einen der hinteren Schilde, der sich durch die Wucht des Stoßes zurückbog, so daß die Schwertspitze in die Lücke rutschen konnte und einen der Männer dahinter voll traf.

Die Reihe war an dieser Stelle geschwächt, und als Rheanas Körper mit vollem Schwung aufprallte, durchbrach sie die Schildreihe an dieser Stelle. Sie fing sich hinter den Männern, noch ehe die reagieren konnten, und ihre lange Klinge begann, eine blutige Ernte unter den Räubern einzufahren.

In Panik wandten sich die Kämpfer von den Seiten der Reihe zu der Nordländerin hin, was ihre Rücken entblößte, die sogleich von den wartenden Bogenschützen mit einem Pfeilhagel bedacht wurden.

Die Barbarin war von niedergeschlagenen Feinden umgeben und konnte nicht sehen, daß einer der Gegner nur verletzt war und hinter ihr wieder auf die Beine kam. Er hatte einen Dolch gezogen und stieß nach der Frau.

Osme reagierte so schnell wie sie konnte, und der mit einem entsetzlichen Fluch entfesselte Blitzschlag ließ den Kopf des Feindes zerplatzen. Doch ihre Freundin sackte bereits getroffen zusammen.

„Engelchen!!!", kreischte die Dunkelefin und rannte den Hang hinab.

Ailas konnte gerade noch ein paar seiner Bogenschützen als Deckung hinterherschicken, damit er die Magierin durch einen spontanen Gegenschlag der Feinde nicht auch noch verlor.

Rheana war noch bei Bewußtsein, aber sie blutete stark. Der Feind hatte den Dolch ganz bewußt am unteren Rand des Rückenpanzers angesetzt und zugestoßen.

„Mein Schatz, komm, schnell", redete die Elfin, ohne zu wissen, ob die Gefährtin sie überhaupt noch verstand. „Hier ist ein Heiltrank, aber Du mußt ihn selbst trinken. Dein Amulett spiegelt ihn sonst. Komm, halte die Flasche fest, bitte", flehte die Frau und drückte die Finger der Verwundeten um das Gefäß. Sie beobachtete voller Angst, wie die blutigen Blätter auf dem Boden immer mehr wurden.

Die Nordländerin lächelte, als sie sah, wer bei ihr war.

„Trinken. Jetzt sofort. Du hast mir gesagt, manchmal muß es schnell gehen." Osme führte die Hand der Gefährtin, damit diese den lebensrettenden Zaubertrank nicht noch im letzten Moment fallen ließ, und wich nicht von ihrer Seite, bis die Phiole leer war.

„Wir müssen fort, Herrin", sagte ein Grünelb zu ihr.

„Helft mir tragen", erwiderte sie und bemerkte erst jetzt, wie Pfeile über sie hinwegzischten.

*

Die Schwertkämpfer hatten mit ihrem Angriff oberhalb der Enge Erfolg gehabt und die Wegelagerer für den Moment vertrieben. Die Gruppe konnte ungehindert passieren und kümmerte sich jetzt zunächst um die Verwundeten.

Osme war erstaunt darüber, wie leicht sie sich mit dem grauelfischen Heiler verständigen konnte.

„Herrin, Ihr habt der Frau vermutlich das Leben gerettet", stellte der er fest. „Die Wunde hat sich geschlossen, und sie wird bald wieder zu sich kommen."

„Göttin der Sterne, ich danke Dir", flüsterte sie, sehr zum Erstaunen des Grauelfen. Als Rheana die Hand bewegte und nach ihrem Schwert tastete, entspannte sie sich ein wenig.

„Ooh", seufzte die Verletzte, „was ist denn passiert?"

„Dich hat jemand von hinten angegriffen", erklärte die Dunkelelfin. „Wir haben Dich herausgeholt. Die Grünelben haben Dich getragen."

„Und Deine Freundin hat Dein Leben gerettet, indem sie Dir sofort einen Heiltrank eingeflößt hat", setzte der Heiler hinzu. „Du wärest sonst verblutet."

„Röslein..." Die Barbarin versuchte, mit dem unförmigen Handschuh ihre Gefährtin zu streicheln, was ihr nicht gelang. „Hast Du auch an mein Schwert gedacht?"

„Sicher, Engelchen. Alles da."

„Können wir weiter?" Ailas war von hinten an die kleine Gruppe herangetreten.

„Sie ist transportfähig, kann aber noch nicht selbst laufen", erklärte der Grauelf. „Wir nehmen sie auf der Trage mit."

„Die Späher haben eine Stunde voraus eine Mulde oben am Hang entdeckt. Wir werden dort lagern", stellte der Grünelb fest.

„Wir kommen sofort."

„Osme, das gefällt mir nicht." Der Anführer der Jäger sah die Dunkelelfin von der Seite an. „Der ganze Wald liegt voller gelber Blätter. Du bildest mit Deinem schwarzen Umhang ein perfektes Ziel für einen Bogenschützen."

„Ihr anderen doch auch", erwiderte die Frau.

„Wir haben viele Bogenschützen, aber nur eine Dunkelelfen-Magierin. Ein Räuberpfeil, auch wenn er nur zufällig trifft, könnte fatal für den Ausgang unserer Reise sein."

„Wir sind doch gleich da."

„Es ist verdächtig ruhig", bemerkte Ailas. „Da stimmt was nicht." Er sah sich alarmiert um. Er rief den Bogenschützen den Befehl zu, weiter auszuschwärmen und die Büsche und Baumkronen im Blick zu behalten.

Doch es blieb ruhig, bis die Nachhut den Lagerplatz fast erreicht hatte und sie die anderen beim Aufbau des Lagers schon hören konnten. Eine Gruppe von Grünelben um Osme herum sicherte die letzten Ankömmlinge, doch alles schien gut gegangen zu sein, und sie Wachsamkeit ließ nach, als es plötzlich ein reißendes Geräusch gab und die Dunkelelfin mit einem „Uff" hintenüberfiel.

Ein Pfeil steckte in ihrer Seite. Der Schütze war schnell ausgemacht und kippte mehrfach getroffen aus einem Gebüsch in der Nähe.

Die Frau hechelte flach und schien keine starken Schmerzen zu haben. Die Jäger trugen sie, so schnell sie konnten, zu dem Lager in der Mulde.

Als sie ankamen, erzählte Ailas den anderen gerade, daß Verstärkung von den Grünelben aus dem Norden zu ihnen stoßen würde. Als er sah, was passiert war, entfuhr ihm nur ein „Oh nein."

„Nicht anfassen", sagte der Heiler scharf, als jemand nach dem herausragenden Pfeilschaft griff. „Der könnte Widerhaken haben. Ich muß sie erst untersuchen."

„Kannst Du mich hören?", fragte er die Frau, die nickte.

„Hast Du Schmerzen?" Langsames Kopfschütteln.

„Der Pfeil in Deiner Seite hat vermutlich Widerhaken. Ich werde ihn durchstoßen müssen, was die Verletzung wahrscheinlich sehr verschlimmert. Hast Du noch einen von diesen Heiltränken?"

Die Frau nickte und tastete nach der Tasche an ihrem Gürtel.

„Du mußt unbedingt wach bleiben, verstehst Du das?"

Wieder ein schwaches Nicken.

Sie flüsterte etwas. Es war „Engelchen".

„Holt ihre Freundin", wies der Grauelf einen seiner Helfer an.

Kurze Zeit später humpelte Rheana heran.

„Kannst Du Dich neben sie setzen?" wollte der Grauelb wissen.

„Ja, natürlich."

„Auf die andere Seite bitte."

Osme lächelte, als die Gefährtin ihre Hand nahm. „Ich auch", sagte sie leise.

„Wie ist denn das passiert?", wollte die Barbarin wissen.

„Auch menschliche Räuber können mit einem Bogen umgehen", erwiderte der Mann, der bereits den Pfeilschaft abschnitt.

„Kannst Du euren zweiten Heiltrank halten? Sie wird gleich stark bluten, so wie Du, deshalb muß der Trank schnell in sie hinein. Kriegst Du das hin?", fragte er die Barbarin, die sofort nickte.

Ailas kam zu ihnen. „Wieso hat sie sich keinen magischen Schutz gemacht?", fragte er die Nordländerin.

„Anfängerin", erwiderte die Frau.

„Das ist ihre erste Queste?"

„Ich denke, ja."

„Naja. Lehrgeld", bemerkte der Grünelf. Hauptsache, sie überlebt."

„Das wird sie", erklärte der Heiler.

*

Am Abend lagen die beiden Gefährtinnen aneinandergekuschelt im Zelt.

„Was für ein Tag", bemerkte die Dunkelelfin.

„Dein erster Kampf, erstes Blut", antwortete Rheana, „und der erste Sieg."

„Fühlt sich nicht so an."

„Hauptsache, Du lebst."

„Das habe ich auch gedacht, als der Kerl Dich mit dem Dolch erwischt hatte", sagte Osme.

„Deine Heiltränke waren goldrichtig. Machst Du die selbst?"

„Nein, Tränke sind nicht so meine Spezialität. Ich tausche sie im allgemeinen ein", erklärte die Magierin.

„Sag mal, Ailas hat vorhin gefragt, warum Du Dir keinen magischen Schutz gemacht hast. Kannst Du den Zauber nicht?"

„Doch, natürlich. Ich stelle doch Amulette und Ringe her", antwortete die Elfin.

„Sag jetzt nicht, Du hast davon in dem Kästchen welche", wollte die Barbarin wissen.

„Ach so… natürlich habe ich das. Engelchen, ich bin so dumm. Ich habe mindestens sechs Schutzringe fertig herumliegen. Für mich war das einfach Handelsware", gab ihre Gefährtin zu. Sie verbarg ihr Gesicht schüchtern. „Wie konnte ich das vergessen", murmelte sie. „Kannst Du mir das verzeihen? Es hätte uns beinahe umgebracht."

„Nein, es hätte Dich beinahe umgebracht. Röslein, Abenteurerregel Nummer zwei: alle Hilfsmittel werden am Anfang einer Queste an alle Gruppenmitglieder verteilt. So nützen sie am meisten", belehrte die Abenteurerin ihre Freundin.

„Ich schäme mich für meine Blödheit", sagte Osme, „die anderen werden die eindrucksvolle Dunkelelfenmagierin jetzt einfach nur für ein dummes Huhn halten."

„Das ist keine Dummheit, das ist Unerfahrenheit. Ist uns allen am Anfang so gegangen", tröstete Rheana sie.

„Wirklich? Ach, Engelchen."

Draußen näherten sich Schritte. „Kann ich reinkommen oder…?", fragte eine Frauenstimme.

„Alles gut", rief die Nordländerin zurück.

Der Eingang des Zeltes wurde zurückgeschlagen, und die Anführerin der Grauelben wurde sichtbar. Sie trug zwei dampfende Schüsseln.

„Ich dachte, ihr beiden habt vielleicht Hunger", sagte sie.

„Oh ja." Die Barbarin setzte sich vorsichtig auf.

Valiana stellte die beiden Gefäße vorsichtig auf den Boden und blieb im Eingang hocken.

„Ich wollte mich noch bedanken bei euch", sagte sie. „Ihr habt beide euer Leben riskiert für uns. Das ist nicht selbstverständlich."

„Wäre beinahe schiefgegangen. Ich bin sowas ja gewohnt, aber für Osme war es das erste Mal", erklärte Rheana.

„Wirklich?" Die Grauelfin nickte beeindruckt. „Nicht schlecht, ganz im Ernst."

„Stellen andere sich beim ersten Kampf noch dümmer an", murmelte die Dunkelelfin in die Felldecke.

„Anfänger machen sich in der Regel beim ersten Kampf vor Angst in die Hose, hauen sich selbst das Schwert auf den Kopf oder laufen weg", erwiderte die Anführerin.

„Na immerhin das habe ich nicht gemacht", gab die Liegende zurück. „Ich werde morgen früh ein paar Amulette und Ringe unter euch verteilen", sagte sie dann, „ich hab ein ganzes Lager davon. Normalerweise verkaufe ich so etwas. Es wäre mir nie in den Sinn gekommen, daß ich diese Dinger mal selbst benutzen müßte."

„Wir reden morgen darüber", sagte Valiana. „Eßt erst mal in Ruhe, ihr braucht das jetzt beide, und dann schlaft. Die anderen werden Wache halten."

„Erwartet Ihr Angriffe?", fragte die Menschin.

„Nachts, im Wald, wenn Grünelben bei uns sind? Nein, nicht wirklich", antwortete die Frau. „Da müßten sie schon sehr verzweifelt sein."

Als sie den Zelteingang schloß, sah sie noch, wie die Barbarin vorsichtig begann, die Dunkelelfin liebevoll zu füttern.

Am nächsten Morgen wurden sie von vielen Grünelbenstimmen geweckt. Die Verstärkung aus dem Norden war eingetroffen und sicherte das Lager in der Hangmulde weiträumig ab. Ausschwärmende Kundschafter berichteten, daß die Räuber sich über Nacht auf kenorianisches Gebiet zurückgezogen hatten, und dort scheinbar warteten, daß die ihnen überlegene Gruppe weiterzog.

Die Dunkelelfin fühlte sich nach ausreichend Schlaf schon deutlich besser, war aber etwas steif im Rücken.

„Du mußt den Heiler noch mal nach dem Verband sehen lassen", sagte ihre Gefährtin, als sie die Frau beim Anziehen betrachtete. „Die Wunde hat sich scheinbar nicht vollständig geschlossen."

„Mein schönes Gewand ist hin", brummelte Osme nur, „ein Loch und lauter Blutflecken drin."

„Blut kann man auswaschen und ein Loch stopfen." Die Barbarin sah an sich herunter. „Wenn Du willst, mache ich das für Dich."

„Würdest Du das?"

„Ja. Übrigens, Dein Blut ist bläulicher als meins", stellte die Menschin fest. „Fast violett."

„Ja, das ist so."

„Wußte ich nicht."

„Meine erfahrene Abenteurerin hat noch nie Dunkelelfenblut gesehen", neckte die Magierin sie.

Sie wurde schnell wieder ernst. „Ich muß noch in das Kästchenhaus", sagte sie. „Die ganzen Ringe und Amulette herausholen. Glaubst Du, es ist richtig, wenn ich den ganz teuren magischen Schutzring für mich selbst behalte? Der hält sogar Schwerthiebe ab, nicht nur Pfeile."

„Genau den brauchst Du, und das wäre auch völlig in Ordnung", erklärte die Barbarin ihrer Freundin.

Am Ende bestanden die Grauelben darauf, der Magierin wenigstens die Unkosten zu erstatten. Einfache Ringe, die unsichtbar machten, schenkte sie den Grünelben, die Rheana und ihr die ganze Zeit beigestanden hatten.

Amulette, die vor vergiftetem Essen schützten, fanden weniger Interessenten.

Den stärksten magischen Rüstungsring behielt die Dunkelelfin wie verabredet für sich selbst, und einen weiteren Schutz gegen Pfeile, der in einem sehr schön gearbeiteten zwergischen Schmuckring steckte, übergab sie ihrer Gefährtin als Geschenk.

Die weitere Strecke um Kenoria herum verlief ereignislos, außer daß das Wetter umschlug und aus grauen Wolken Regen zu fallen begann. Gegen Ende, kurz bevor die Gruppe die Handelsstraße wieder erreichte, trafen sie einen Bautrupp der Hochelben, die eine Straße aus Bohlen in dem abschüssigen Hang anzulegen begannen. Auf dieser würde sich in ein paar Monaten das elfenfeindliche Königreich rasch und sicher umgehen lassen.

Schließlich begann die Gruppe sich aufzulösen. Rheana versprach, hin und wieder im Hüpfenden Frosch vorbeizukommen, wo Ailas oder Valiana für sie Nachrichten hinterlassen konnten, falls das nötig sein würde.

Segenswünsche wurden zum Abschied getauscht, und am Ende wanderten die Magierin und die Abenteurerin wieder allein auf der großen Handelsstraße nach Osten.

Die Stadt

Als die beiden Frauen endlich die große Stadt erreicht hatten, hielt die Magierin Ausschau nach einem bestimmten Zeichen. Über der Straße, die zum Marktplatz führte (normalerweise strebten Ankömmlinge stets dort zuerst hin) hingen zwischen den Häusern Schilder mit Markierungen, die in verschiedene Richtungen wiesen. Endlich fand sie, was sie suchte.

„Da ist eine", sagte sie zu der Barbarin.

„Was suchst Du?", wollte die wissen.

„Eine Magierpension." Osme zeigte auf eines der Symbole mit einem Pfeil, die über der Straße hingen. Es war ein Pentagramm mit einem P in der Mitte.

„Aha", erwiderte Rheana unsicher.

„Komm, hier lang."

Die sogenannte Magierpension war ein kleines Häuschen am Ende einer winkeligen Gasse. Ein Gnom (oder eine Gnomin, das ließ sich wie bei Zwergen für Außenstehende nicht unterscheiden) saß an der Rezeption.

„Zimmer oder Kammer", fragte er die Gefährtinnen knapp.

„Kammer genügt", erwiderte die Magierin.

Der Gnom nickte und kritzelte etwas in ein Buch. „Wie lange bleibt ihr?"

„Eine Woche mindestens, vielleicht auch länger."

Das kleine Wesen brummte vor sich hin. „Da hab ich noch eine frei", erklärte er, „mit vollem magischen Schutz gegen Einbruch oder Diebstahl. Kostet allerdings zwei Silber die Woche."

„Ist teurer geworden seit dem letzten Mal", bemerkte die Dunkelelfin.

„Alles wird teurer, Herrin."

„Wohl wahr." Zwei Silbermünzen klimperten auf dem Thresen.

„Hier ist euer Schlüssel. Kammer 22 im dritten Stock."

„Danke."

„Das ist ja winzig", empörte sich die Abenteurerin, als die Frauen in der kleinen fensterlosen Kammer standen, in der die beiden sich nicht einmal auf dem Boden ausstrecken können würden. Sie war vollkommen leer.

„Engelchen, wir brauchen doch nicht mehr. Wir haben unser Haus doch dabei", erklärte die Dunkelelfin. „Es geht nur um einen abgesicherten Platz. Magier, die ein Kästchen wie ich haben, benutzen dafür nur so eine winzige Kammer."

„Stimmt eigentlich", sagte die Nordländerin. „Na, dann laß uns reingehen."

Osme nahm die kleine Holzkiste aus ihrer Gürteltasche.

Als sie beide in dem Kästchenhaus am Tisch saßen, fragte die Menschin: „Was machen wir denn jetzt, wo wir hier sind? Weißt Du, Ich habe früher immer zuerst an einem Treffpunkt der Nordländer vorbeigeschaut."

Sie sah die Dunkelelfin an und setzte hinzu: „Eigentlich würde ich da allein hingehen, aber der Gedanke ist mir unangenehm, Dich nicht in meiner Nähe zu haben."

„Na, das ist ja in unserer Situation auch kein Wunder", erklärte die Elfin. „Ich würde gerne in den großen Mondtempel gehen. Aber wir können auch zuerst bei Deinen Landleuten sehen, was es Neues gibt."

*

„Ich hoffe, das geht gut", sagte Rheana, als die Gefährtinnen die dämmerige Schänke betraten.

Sie schob sich durch die dicht gedrängten Nordländer, die in Gruppen zusammenstanden oder -saßen. Sie spürte förmlich die empörten Blicke wegen ihrer Begleiterin.

Gerade erspähte die Frau einen kleinen freien Tisch in einer der Ecken des großen Raumes, als ein Krieger ihr Einhalt gebot.

„Mein Name ist Ragnar. Ich habe von Dir gehört", sagte er. „Du ziehst mit der *Svartalfe* durch die Gegend. Bist Du ihre Sklavin?"

„Mein Name ist Rheana", antwortete die Frau. „Ich bin mit ihr magisch verbunden worden, und wir sind in dieser Stadt, damit uns jemand hilft, das aufzulösen. Hast Du ein Problem damit?"

„Ich sage, Du bist eine Svartalfsväninna", erwiderte der Nordländer verächtlich.

„Du bist ja bloß sauer, weil Du bei uns keinen Stich kriegen kannst." Die Abenteurerin verschränkte die Arme und sah fordernd auf den Mann herab.

Der schnaubte noch einmal verächtlich. „Ich schlage keine Frauen", sagte er.

„Aber ich schlage Männer", gab die Barbarin zurück, und es klang ernsthaft verärgert.

„Wir können gerne auf die Straße gehen und das da klären", knurrte er.

„Warum nicht gleich hier." Rheana ließ ihr Bündel fallen, schnallte ihr Schwert ab und reichte es nach hinten zu Osme.

Die Männer und Frauen aus den Nordlanden um die beiden herum johlten anfeuernd und machten einen Kreis in der Mitte des Raumes frei, während die Streitenden die Fäuste ballten und in Kampfhaltung gingen.

„Mischt Euch nicht ein, Herrin", flüsterte eine Stimme hinter Osme, die besorgt zu ihrer Gefährtin hinübersah. Ein Grauelf war hinter sie getreten. „Das kommt hier häufiger vor. Die Nordmenschen sind so. Eurer Freundin wird nichts passieren."

„Werden die sich prügeln?", wollte die Dunkelelfin wissen.

„Genau das." Der Elfenmann zuckte die Schultern. „Die sind robust gebaut und halten das aus. Bleibt ruhig, auch wenn es schlimm aussieht."

„Woher wißt Ihr das?", fragte die Magierin.

„Ich arbeite hier."

„Hier? Ein Elf? Warum?"

„Ich liebe einen Mann", erklärte er knapp.

Die Streithähne wichen gegenseitig den ersten Schlägen in die Luft aus. Dann täuschte Ragnar eine Finte an, drehte sich und boxte die Frau in die Seite. Er lachte dreckig.

Rheana prüfte kurz, ob sich ihr Körper an der Seite noch beweglich war, ließ sich weiter jedoch nicht beeindrucken. Sie machte einen schnellen Sprung nach vorne und rammte dem Gegner die Faust frontal auf Mund und Nase. Der zwinkerte zweimal wie benommen, spuckte Blut aus und nutzte die Nähe der Gegnerin, um ihr ebenfalls ins Gesicht zu schlagen. Er erwischte sie am linken Auge. Beide Treffer wurden von den Zuschauern mit lautem Jubel quittiert.

Die Nordländerin geriet jetzt ernsthaft in Rage und brüllte Ragnar unartikuliert an. Zwei schnelle Faustschläge von ihr konnte er noch mit den Unterarmen parieren, dann packte sie ihn, zwang ihn in den Schwitzkasten und verpaßte ihm mehrere Haken in den Magen. Als sie den Mann losließ, taumelte er bereits, und die Menge johlte ohrenbetäubend. Schließlich setzte sich der Nordländer auf den Boden und hob die Hand. Das Geschrei der Menge steigerte sich ins Unermeßliche.

Der Blick der Siegerin suchte den Wirt, dem sie einen erhobenen Daumen signalisierte, und dann einen horizontalen Kreis mit dem Zeigefinger beschrieb. Es war das Zeichen für eine Lokalrunde, traditionelle Pflicht eines Siegers in den Nordlanden.

Als Rheana zurück zu ihrer Freundin kam, die Schwert und Bündel hielt, war ihr Auge bereits zugeschwollen. „Engelchen", wie siehst Du nur aus", sagte die Dunkelelfin besorgt. „Ist Deine Familie auch so?", fragte sie trocken.

Die Barbarin nickte. „Joho", bestätigte sie unschuldig.

Osme hatte sich schon abgewandt und fragte den grauelfischen Diener nach einem Glas Wasser und einem sauberen Tuch. Der verschwand sofort in der Menge.

In der Nähe wurde ein Tisch für die beiden Frauen freigemacht, und die Gefährtinnen setzten sich. Ragnar trat zu den beiden, noch immer schwer atmend.

„Setz Dich doch", lud die Nordländerin ihn ein, als sei nichts gewesen.

„Hast'n harten Schlag", bemerkte der Mann, als er saß.

„Das macht man so, da wo ich herkomme", antwortete sie.

Der Kämpfer lächelte, und man sah, daß das Blut an Mund und Nase bereits antrocknete.

„Ah, da kommt der Met."

Die Helfer des Wirtes stellten mehrere volle Humpen auf den Tisch. Die Elfin beobachtete das Treiben nur fasziniert und fragte: „Was ist das?"

„Wird aus Honig gemacht, der ist ziemlich stark", erklärte die Freundin.

„Ach so, dann ist es kein Problem."

Der Grauelf kam zurück, mit Wasser und einem kleinen weißen Lappen. „Reicht das?" fragte er.

„Es wird gehen, vielen Dank."

Die Gäste in der Schänke begannen nun einen Vers in nordischer Sprache zu singen, den die Elfin nicht verstehen konnte. Als er zuende war und das unvermeidliche Jubeln folgte, hob ihre Gefährtin den Methumpen hoch in die Luft und brüllte: „Skål!", was vielstimmig erwidert wurde.

Osme hatte inzwischen versucht, sich trotz des ganzen Lärms genug zu konzentrieren, und verwandelte das Wasser im Glas mit einem kleinen Zauber in Eis, klopfte es aus dem Gefäß auf das weiße Stück Stoff und drehte das ganze zusammen. Sie nahm einen der leeren Humpen auf dem Tisch und zerkleinerte den umwickelten Eisblock damit.

„Engelchen, komm her", sagte sie, „ich möchte Dein Auge kühlen. Kopf in den Nacken", befahl sie sanft

„Moment", erwiderte die Frau und trank ihren Met aus, bevor sie brav ihren Kopf zurücklegte. Sie seufzte erleichtert, als sie die Kälte spürte.

„Wie ist das eigentlich mit euch", fragte Ragnar nun. „Ich meine, in meinem Dorf im Norden gibt es auch zwei Frauen, die zusammenleben. Aber ein Paar wie euch beide hab ich noch nie gesehen."

„Unfall mit einem Liebestrank", erklärte die Dunkelefin lakonisch.

„Oh. Sowas kann passieren?", wollte der Nordländer wissen.

„Offensichtlich."

„Du kümmerst Dich ja richtig um sie", bemerkte Ragnar. Osme war hinter Rheana getreten, hielt ihren zurückgelegten Kopf im Arm und kühlte das aufblühende Veilchen in ihrem Gesicht mit dem Eispaket.

„Mhm", machte die Elfin nur.

„Du bist Magierin", stellte der Mann fest.

„Auch offensichtlich."

„Wir sind auf der Queste, um diesen Liebeszauber zu brechen", erklärte die Barbarin jetzt. „Hab ich doch vorhin gesagt."

„Ach, man sagt viel vor einer Rauferei", erklärte ihr Landsmann. „Die Gelehrten hier sollen euch also helfen."

„Joho."

„Für eine Magierin und eine nordländische Kriegerin wäre auch noch Platz in einer Gruppe, die bald Richtung Ödland loszieht", merkte der Barbar vorsichtig an.

„Also, den ersten Kampf und erstes Blut hat meine Freundin schon hinter sich", erklärte die Nordländerin. „Sie hat Schilde zerbrochen, damit die Bogenschützen treffen konnten. Hat gut funktioniert."

„Alle Achtung. Wie gesagt, euch könnten wir brauchen. Wollt ihr?"

„Nej. Laß uns erstmal diese Geschichte hier zuende bringen. Danach sehen wir weiter."

„Du hast Angst, daß ihr euch vielleicht nicht mehr ansehen mögt, oder?" Ragnar lächelte verständnisvoll. „Das wäre unterwegs allerdings wirklich nicht gut. Naja, Du weißt, wo Du mich findest." Er prostete der Siegerin des Faustkampfes noch einmal zu und erhob sich dann.

„Röslein, kannst Du mir etwas Geld leihen", sagte Rheana leise zu ihrer Gefährtin. „Ich muß die ganze Runde zahlen."

*

„Du bist sehr still heute, Schatz." Die Barbarin wischte sich mit einem Tuch den Mund ab und schob ihren Teller ein Stück von sich. Osme und sie hatten auf dem Marktplatz ein paar frische eßbare Dinge eingekauft, und die Dunkelelfin hatte für die beiden gekocht (sie konnte wunderbar kochen).

Die Magierin zuckte nur die Schultern und reinigte wie nebenbei mit einem Zauber das Geschirr. Als sie fertig war, nahm sie die Hand ihrer Freundin und zog sie mit sich in ihr Schlafzimmer. Dort setzten sich beide nebeneinander auf die Bettkante.

„Ich denke die ganze Zeit über das nach, was da heute bei Deinen Landsleuten passiert ist", erzählte die Elfin leise. „Ich verstehe zwar kein Nordländisch, aber ich habe trotzdem begriffen, was geschehen ist. Dieser Ragnar hat Dich beschimpft, meine Sklavin zu sein, und Du hast ihn gefordert. Ihr habt euch geprügelt, und danach war Deine Ehre wieder hergestellt. Er hat sogar mit Dir angestoßen."

„Ja", erwiderte Rheana. „Das war doch nichts Schlimmes."

„Auf eure eigene Weise ist Dein Volk gar nicht so unähnlich zu meinem Volk. Wir sind beide Krieger, und Stolz und Ehre sind wichtig für uns." Osme nahm die Hand der Gefährtin. „Ich habe mir vorgestellt, daß ich mit Dir zu einem befreundeten Clan von Dunkelelfen komme. Und ich weiß nicht, ob ich meine Ehre so einfach wie Du wiederherstellen könnte."

„Aber Röslein..."

Die Elfin lächelte schmerzlich. „Sie beschuldigen mich genauso, Deine Sklavin zu sein, das weiß ich. Ich weiß nur nicht, was in so einem Fall zu tun wäre. Eine Herrin muß normalerweise nicht für ihre Ehre kämpfen."

Die Barbarin legte tröstend den Arm um die Frau, weil sie sah, daß Tränen in ihren Augen standen.

„Eine Herrin unterwirft sich nie", stellte die Magierin fest.

Eine lange Pause entstand, in der Rheana der Gefährtin über den Rücken strich.

„Weißt Du, ich hatte alles, was die meisten anderen Frauen bei uns sich wünschen konnten. Ich konnte mir vier Männer leisten. Mein Clan ist dabei nicht so streng wie andere, wo Männer wirklich Besitz sind und auch gestohlen und verkauft werden können. Die Unterwerfung eines Mannes anzunehmen, bedeutet bei uns, von da an die Verantwortung für ihn zu haben. Und ich habe gut verdient. Die Vier hatten es gut bei mir. Ich war auch nie eine zu strenge Herrin. Ich habe sie nie geschlagen."

„Dunkelelfenfrauen schlagen ihre Männer?", fragte die Nordländerin ungläubig.

„Einige schon", antwortete Osme. „Aber ich nicht. Und auch Du hättest es nicht so schlecht bei mir gehabt, wie Du am Anfang vielleicht gedacht hast. Du hättest nicht nur geschmachtet, sondern auch mit mir kuscheln dürfen als Belohnung."

„Ich kann Dir immer noch nicht böse sein deswegen", erwiderte Rheana.

„Das solltest Du aber. Weil es falsch war. Hundert Eimer Trollfäkalien, warum mußte ich nur diesen dummen Trank brauen?", fluchte die Dunkelelfin.

„Du hast ein Gewissen", stellte die Nordländerin fest. „Wer hätte das gedacht."

„Hm."

„Ähm, was sind ‚Fäkalien'?", fragte die Barbarin vorsichtig.

„Ein vornehmes Wort für Scheiße."

„Uh, das würde aber gewaltig stinken." Die Abenteurerin kicherte.

„Kriegst Du eigentlich Ärger wegen der Drei, die tot sind?", fragte sie nach einer Weile.

„Wahrscheinlich nicht. In unserem Clan darf eine Herrin zwar nicht wahllos ihre Männer umbringen, aber sie haben die Hand gegen mich erhoben. Das ist unverzeihlich und rechtfertigt es.

Selbst, wenn sie geglaubt haben, sie müßten mich vor Dir retten." Die Frau suchte nach einem Tuch, um sich zu schneuzen.

„Eher vor Dir selbst", rutschte der Abenteurerin heraus.

„Ja, Engelchen, da hast Du recht." Die Elfin dachte einen Augenblick nach. „Die Drei haben mir vertraut, und ich habe sie enttäuscht."

„Hast Du sie eigentlich geliebt?", wollte Rheana wissen.

„Meine Männer? Du sprichst da von Hingabe. Ich war eine Herrin, die gibt sich niemals hin. Eine Herrin nimmt nur Hingabe entgegen", erklärte die Magierin.

„Was heißt Hingabe eigentlich ganz genau?"

„In Morya gibt es kein direktes Wort für das, was ihr ‚Liebe' nennt. Nur Hingabe, die sowohl bedeuten kann, jemand zu lieben, als auch, bedingungslos zu kapitulieren und sich vollkommen auszuliefern."

„Aber es gibt doch sicher auch bei euch Herrinnen, die zusammenleben wollen?", wandte die Barbarin ein.

„Die meisten Frauen mit solchen Bedürfnissen halten sich Sklavinnen. Zwei Herrinnen können sich nie die Hingabe erklären", stellte die Dunkelelfin fest.

„Sieht so aus, als ob es eine unlösbare Queste ist, Deinen Clan zufriedenzustellen", murmelte die Nordländerin.

„Ja, genau, Engelchen."

*

Am nächsten Tag besuchten die Frauen den Mondtempel, das Wahrzeichen der Stadt Selenopolis. Das riesige weiße Gebäude war fast von überall innerhalb der Mauern aus zu sehen, und auf dem Platz vor dem Tempelportal warteten stets Gläubige und Pilger auf Einlaß.

Gewöhnliche Besucher wurden gegen eine kleine Spende an einem Seiteneingang in das Gebäude gelassen.

Osme und Rheana betraten die gewaltige Kuppel im Zentrum des Tempels. Der Anblick war ehrfurchtgebietend.

Der riesige runde Raum war vollständig mit blauer Farbe gestrichen. Osme erkannte, daß es Lapislazuli war, der selten und teuer war und nur in fernen Ländern gefunden wurde. In der Kuppel war der gesamte Sternenhimmel der Welt dargestellt, jeder Stern einzeln funkelnd durch einen eigenen Leuchtzauber. Es mußten tausende sein.

Dem Eingang gegenüber warf eine getreue Darstellung des Vollmondes ihre silbrigen Strahlen in die Dunkelheit des Raumes herunter.

Als die beiden weiter hineinschritten, erkannten sie über dem Eingang die Darstellung des länglichen Nebelfleckes am Nachthimmel, den sie als „Spindel" oder „Die Wiege" kannten.

„Ooh", machte Rheana und zupfte die Freundin am Arm. „Genau so sieht bei uns im Winter der Himmel aus", erzählte sie.

„Das ist… beeindruckend. Sogar die Fäden an der Spindel sind zu sehen, wie sie sich um den halben Himmel ziehen", flüsterte die Dunkelelfin.

Ein leises Geräusch hinter ihnen ließ die beiden Frauen herumfahren. Eine Priesterin in einem sorgfältig drapierten weißen Leinengewand war hinter sie getreten.

„Ich habe gesehen, daß ihr großzügig gespendet habt", sagte sie leise, „kann es sein, daß Ihr Rat oder Segen von der Göttin sucht? Wesen wie Euch, Elfin, sieht man eher selten an diesem heiligen Ort."

„Wir plagen uns mit einem Problem herum, Herrin", erwiderte Osme, „insofern sprecht Ihr wahr. Möglicherweise bekommen wir an diesem Ort einen unerwarteten Hinweis."

„Folgt mir bitte."

In dem kleinen Raum an der Seite der Kuppel war es heller als drinnen. Eine kleiner Schrein der Göttin befand sich an der Wand hinter dem Pult der Priesterin. Rheana sah die Wasserschale mit frischen Blumen, die darauf schwammen, zwischen den Kerzen vor der weißen Steinfigur.

„Was bedrückt euch beide denn", fragte die Frau mild.

„Ein fehlgegangener Liebeszauber hält uns beide fest in seinem Griff", erklärte die die Dunkelelfin als Einleitung zu der Erzählung, was den beiden in den letzten beiden Monaten widerfahren war. Als sie geendet hatte, fragte die Priesterin: „Darf ich das Amulett sehen?"

„Natürlich." Die Barbarin zog das Band bereits über den Kopf.

„Ein Magus der Hochelben hat es geprüft und uns gesagt, daß es echt ist."

„Interessant." Die Frau besah sich die polierte Silberscheibe mit einer kaum sichtbaren Gravierung sehr genau. „Das muß ziemlich alt sein. Wo stammt es her?"

„Aus einem Loch voller Orkdreck, gefunden ein paar Wochen bevor wir beide uns getroffen haben", berichtete Rheana.

„Plündergut. Das hilft uns nicht weiter."

„Wer hat so etwas hergestellt", fragte die Elfin.

„Die meisten Leute glauben natürlich, daß die Mondspiegel aus den Tempeln der Mondin kommen", erklärte die Priesterin. „Die Wahrheit ist aber, daß wir es nicht wissen. Der Zusammenhang mit dem Wort ‚Mond' kommt nur daher, daß unsere Göttin die Herrin der Magie ist. Korrekt müßte der Name des Amulettes also ‚Magiespiegel' sein, was das beschreibt, was es auch tut."

„Hilft uns das bei unserem Problem, den Zauber zu brechen?", fragte Osme.

„Eher nicht." Die weißgewandete Frau hob die Hände und sagte: „Nehmt einfach den Segen unserer Göttin und findet Frieden", sagte sie.

„Danke euch", erwiderte die Elfin und erhob sich. Die beiden Frauen gingen etwas mutlos hinaus.

Die Priesterin legte die Hände aneinander und flüsterte: „Silberne Herrin im Himmel, ich bitte für diese beiden armen sterblichen Wesen. Zeig ihnen die Wahrheit so schonend, wie Du kannst."

*

„Osme!"

„Meister Rin!"

Der alte Gnom lachte, als die große und schlanke Elfin in in die Arme nahm und hochhob.

„Schön, Dich mal wiederzusehen", sagte er mit greisenhafter Stimme.

Am dritten Tag in der Stadt hatten die Gefährtinnen die magische Universität angesteuert. Die Dunkelelfin hatte hier vor Jahrzehnten zwei Semester lang studiert, in der Fakultät aber erfahren müssen, daß ihr alter Lehrer inzwischen emeritiert war. Glücklicherweise hatte einer seiner früheren Assistenten die Adresse, an der der alte Professor noch in der Stadt lebte.

„Kommt doch herein", sagte das kleine Wesen. „Wer ist denn Deine Freundin? Schamanin aus dem Norden?"

„Leider nur Kämpferin, Herr", erklärte Rheana.

Der Gnom kicherte geheimnisvoll und führte sie in sein Studierzimmer. Es war hoch, erstreckte sich über die ersten beiden Stockwerke, und besaß eine Empore, zu der eine kleine Treppe an der Seite hinaufführte. Die Wände standen voller Regale und Schränke mit Büchern, Laborgeräten und seltsamen Gegenständen, deren Zweck nicht erkennbar war.

„Was kann ich denn für euch beide tun", fragte der alte Meister die Frauen, als alle auf einem für ihre Größe passenden Sessel saßen.

„Mir ist ein schlimmer Patzer unterlaufen, Meister Rin", begann die Magierin das nächste Mal die Erzählung von dem Grund und der Durchführung der Reise bis hierher.

„Mhm", machte das kleine Wesen langgezogen und schob die buschigen Augenbrauen dicht zusammen, als sie fertig war.

„Woher war der Trank", fragte es als erstes.

„Selbstgebraut", erwiderte die ehemalige Studentin.

„Nach welchem Rezept? Hast Du es noch?", wollte der Gnom wissen.

„Ja, hab ich noch. Ich habe das Buch eingetauscht, bei einem meiner Kunden", erklärte die Frau. „Ich muß es aber erst aus meinem mobilen Zuhause holen." Sie zog das Holzkästchen aus ihrer Tasche und hielt es hoch. „Darf ich?"

„Bitte", erwiderte der Gastgeber und zeigte auf einen wuchtigen, hölzernen Schrank, vor dem kurze Zeit später die bekannte magische Tür offen stand.

Der ehemalige Professor besah sich interessiert das große, schwarze Buch, das Osme ihm gebracht hatte.

„Kann ich auch Deine Laborkladde haben?", fragte er. „Du führst doch noch eine?"

„Aber sicher, Meister", klang es durch die Tür aus dem Kästchenhaus. Sie kehrte mit einem weiteren Buch und einem eingewickelten Papierstapel zurück.

„Was ist das?"

„Ein Hexametrigenium, Meister", erklärte Osme. „Da drin habe ich den einzigen Hinweis auf das Mondspiegel-Amulett im Fall von Liebeszaubern gefunden."

„Mmh", machte der Gnom, als er das gewichtige Nachschlagewerk in die Hände nahm und es befühlte, fast so, als sähe er ein leckeres Essen vor sich.

Dann wandte er sich dem eingewickelten Papierstapel zu und sah die Notizen seiner Studentin flüchtig durch.

„Mhm", machte er. „Kann ich das ein paar Tage hier behalten? Ich muß alles gründlich durchgehen."

„Aber gerne, Meister", sagte die Frau. „Könnt Ihr schon irgendetwas sagen zu dem Problem?"

„Nur, daß ich diesem Hochelben ganz und gar nicht zustimme", dozierte das kleine Wesen, „Glorundel ist und bleibt einfach ein Magus der Theoretischen Magie. Diese Leute verbringen viel zuviel Zeit mit Spekulationen. Meiner Meinung nach sollten sie lieber ab und zu einen Zauberstab in die Hand nehmen, um die Magie auch zu spüren, über die sie ständig nur nachdenken."

„Also ist es nicht so schwierig, wie er gesagt hat?"

„Das glaube ich nicht. Laßt mich etwas mit den Rezepten herumprobieren, um mir einen Überblick zu verschaffen. Kommt in drei Tagen wieder, Mädchen."

„Oh danke Meister, vielen Dank."

*

„Heute bist Du aber still", bemerkte Osme, als die Gefährtinnen am nächsten Morgen zusammen in dem magischen Häuschen beim Frühstück saßen. Der Tag draußen war regnerisch, und sie hatten beschlossen, zuhause zu bleiben.

„Ich hab ein bißchen Angst, was Dein Meister sagen wird", erwiderte Rheana. „Ich möchte Dich eigentlich nicht verlieren, Röslein."

Sie senkte den Blick und setzte hinzu: „Aber ich verstehe natürlich, daß Du nie mehr zu Deinem Clan zurückkannst, wenn alles so bleibt, wie es ist."

„Ich habe doch nicht gesagt, daß ich unbedingt zu meinem Clan will. Ich will überhaupt nicht zu irgendwas, wie es vorher war, zurück", erwiderte die Dunkelelfin. „Ich muß nur das Gefühl haben, daß ich frei bin und tun kann, was ich will, mein Engelchen. Das ist ein ganz tiefer Wesenszug von uns Dunkelelfinnen. Wir sind nun mal stolz. Und wild. Und wollen frei sein."

„Das mag ich ja auch an Dir." Die Menschin versuchte zu lächeln. „Und ich will auch frei durch die Lande ziehen können. Das macht die Zeit mit Dir ja gerade so schön."

Sie druckste eine Weile vor sich hin, bevor sie die Hand mit dem Ring, der sie magisch vor Pfeilen schützte, hob. „Weißt Du eigentlich, was es unter Menschen bedeutet, wenn ein Gefährte oder eine Gefährtin einem einen Ring schenkt?", sagte sie leise.

„Ich bekomme eine Ahnung" wenn ich Dich ansehe, während Du es sagst, Engelchen", erwiderte die Elfin.

„Dieser Zaubertrank ist so furchtbar stark in seiner Wirkung. Aber es ist auch so schön. Ist mir egal, ob ich frei bin oder nicht. Ich will nicht, daß es aufhört.", brach es aus der Nordländerin heraus.

„Nun warte es doch erstmal ab", versuchte die Magierin ihre Freundin zu beruhigen. „Es ist doch noch nichts entschieden. Vielleicht geht es ja gar nicht. Dann müssen wir für immer zusammen sein."

„Das wäre schön." Die Barbarin stand auf, um ihre Freundin zu umarmen, die sich ebenfalls erhoben hatte. Lange standen die beiden nur da und hielten sich.

„Weißt Du, was verrückt ist, Röslein", flüsterte die Abenteurerin. „Ich habe sogar schon den Gedanken gehabt, daß ich mich damals nicht hätte wehren sollen. Einfach den blöden Trank schlucken, und für immer bei Dir bleiben. Ich wäre glücklich."

„Du wärst sogar bereit, meine Sklavin zu sein? Ach Engelchen, nein", antwortete Osme. Sie spürte, wie die Frau, die sie an sich drückte, langsam nickte. Es löste ein merkwürdiges Gefühle in ihr aus, das sie nicht kannte. „Das bist aber nicht Du", sagte sie leise.

„Ich weiß nicht mehr, was ich bin und was dieser blöde Liebestrank. In meinem Kopf dreht sich alles." Rheana atmete tief durch.

„Wir müssen uns ablenken von den trüben Gedanken", stellte die Dunkelelfin plötzlich fest. „Ich habe eine Idee. Wir nehmen ein paar von meinen Golddukaten und gehen in der Stadt ein paar schöne Dinge einkaufen. Vielleicht probieren wir mal ein paar Helme für Dich an. Oder wir finden einen Schneider, der auch magisch arbeitet", erklärte sie. „Du hast das Loch in meinem Gewand zwar gut geflickt, mein Schatz, aber es stört mich trotzdem ein bißchen, und ich hätte es gern wieder wie neu."

Am Abend besaß die Nordländerin zwar noch immer keinen Helm, aber die Magierin war wenigstens wieder zufrieden mit ihrer Kleidung.

Den darauffolgenden Tag zeigte die Elfin ihrer Gefährtin das Museum für magische Kunst in der Stadt, wo es ein paar sehr nutzlose, aber lustige Gegenstände zu sehen gab, und die Barbarin lachte an diesem Tag sogar. Am Abend kuschelten sich die beiden Frauen lange zusammen und genossen die Wärme und Nähe der anderen, und sie schliefen tief und fest

Dann kam der Tag der Entscheidung. Sie redeten nicht mehr viel. Die Dunkelelfin war zufrieden darüber, daß ihre Freundin wenigstens ein angedeutetes Lächeln zeigte, bevor sie aufbrachen, um den Gnom in seinem Haus zu treffen.

Diagnose

Osme und Rheana warteten schon ungeduldig in einem kleinen Raum im ersten Stock des Hauses, in den ein Diener von Meister Rin sie geführt hatte, als der alte Gnom schließlich den Raum betrat.

„Setzt euch doch hin", sagte er und schlurfte zu seinem Platz hinter dem großen Schreibtisch.

Als alle saßen, sah er unter seinen buschigen Augenbrauen die beiden lange stumm an.

„Was ist, Meister", brach die Dunkelelfin schließlich das Schweigen. „Habt Ihr eine Lösung unseres Problems gefunden?"

Der ehemalige Professor für Zaubertränke murmelte eine Weile vor sich hin, ehe er sich zu einer Antwort entschließen konnte.

„Ja und nein", erwiderte er, „es gibt mehrere Faktoren, die zu berücksichtigen sind."

Seine dunklen Augen wandten sich zuerst seiner ehemaligen Schülerin zu.

„Osme", sagte er, „Du warst nie besonders gut in der Zaubertrankherstellung. Abgesehen davon, daß das Rezept von einem Irren erdacht worden sein muß und verboten werden sollte, habe ich in Deinen Laboraufzeichnungen einige kleine Fehler entdeckt. Die führen dazu – und das ist gut so – daß die Wirkung des Trankes eben nicht unbegrenzt ist, sondern nur eine gewisse Zeit dauert. Wie lange das sein wird, das kann ich vielleicht herausfinden, wenn ich euch beiden noch ein paar Fragen stellen darf. Die müssen allerdings leider sehr persönlicher Natur sein."

„Das ist doch erstmal eine gute Nachricht", erwiderte die Elfin erleichtert. „Es wird vorbeigehen, hörst Du, Rheana?"

Doch die blieb sehr still und reagierte nicht.

„Abwarten." Der alte Gnom druckste eine Weile vor sich hin. „Zu meiner sehr persönlichen Frage muß ich vorab bemerken, daß ich sehr wohl weiß, ihr beiden würdet Männern eurer eigenen Art darüber vermutlich niemals Auskunft geben. Bedenkt aber, ich bin ein Gnom, ein sehr alter noch dazu, und habe mit diesen Dingen nichts weiter im Sinn. In Ordnung?"

Die beiden Frauen sahen sich fragend an und signalisierten dann ihr Einverständnis.

„Also gut", begann der Alte, „an dem Tag, als das Mißgeschick mit dem Zaubertrank euch ereilt hat, da habt ihr ja vermutlich ziemlich bald das getan, was man unter dem Einfluß eines Liebeszaubers eben so tut. Dürfte ich wissen, wie oft das an jenem Tag geschehen ist?"

Die Elfin wich dem Blick ihres alten Meisters aus und blickte verschämt zu Boden. Die Barbarin wurde rot und kicherte und hob eine Hand mit allen ausgestreckten Fingern.

„Fünf Mal?" Die buschigen Augenbrauen hoben sich erstaunt. „Oho. Und, in der Zeit danach, wie hat es sich weiterentwickelt?"

Rheana brauchte eine Weile, um mit dem Kichern aufzuhören. Da Osme nichts sagen wollte, erklärte sie, noch immer rot im Gesicht: „In den Tagen danach war das auch ungefähr so oft. Wir haben nicht viel geschlafen. So nach drei oder vier Wochen wurde es langsam weniger. Das war ungefähr zu der Zeit, als wir bei den Grünelben waren."

„Mhm", machte der Meister. „Und jetzt?"

„Wir kuscheln sehr viel, bleiben immer in der Nähe. Berührungen sind noch sehr wichtig, die gibt es immer noch sehr oft. Die heftigen… Ihr wißt schon, die nicht mehr", versuchte die Frau möglichst sachlich zu erklären, ohne daß sie wie eine Pubertierende wirkte.

„Dachte ich's mir", erklärte der Gnom. „Mädchen, die Sache ist die: der Zaubertrank hat längst aufgehört zu wirken. Alle Gefühle füreinander, die ihr jetzt noch habt, sind eure eigenen und damit echt. Und dagegen kann keine Magie auf der ganzen Welt etwas ausrichten."

„Was?", sagte Osme, und sie schaute vollkommen fassungslos drein. Ihre schlanke Hand legte sich über ihren Mund.

Rheana wurde sofort sehr ernst, stand auf, ging zum Fenster und sah hinaus über die Stadt. Ihr wurde schwindelig, und sie hielt sich am Fensterbrett fest. Ihre Gefährtin sah nur an der Bewegung der Schultern der Frau, wie schwer sie atmete. Die Hände schienen zu zittern.

Die Dunkelelfin stand ebenfalls auf und ging ein paar Schritte auf die Barbarin zu, die sie schon so lange begleitete. Sie schniefte bei dem Versuch, die aufsteigenden Tränen zu unterdrücken. Der Kloß im Hals war gewaltig.

Plötzlich drehte die Nordländerin sich um, so daß sie ihrer Gefährtin gegenüberstand. Die Elfin sah, daß sich in dem Blick der Frau Sehnsucht, Angst, Zärtlichkeit und Schmerz mischten.

Rheana holte tief Luft und versuchte zu sprechen. „Ich..."

Sie sah die Dunkelelfin an, die sie so gut kannte, und konnte doch nicht herausbringen, was sie ihr sagen wollte. „Ich..."

Schließlich senkte die Frau am Fenster den Blick und sagte ganz leise: „Ich liebe Dich."

Osme machte einen Satz, umklammerte die Freundin und konnte nur heftig nicken, während die Tränen ungebremst über ihr Gesicht strömten. Es dauerte eine Weile, ehe sie sich so weit gefangen hatte, daß sie flüstern konnte: „Hingabe. Es ist Hingabe. Ja, bei mir auch. Ich gebe mich Dir hin."

Die beiden Frauen sahen einander an, lachend und weinend zugleich. Als sie sich schließlich sanft küßten, geschah das zum ersten Mal im vollen Wissen, daß es aus freiem Willen geschah und nicht unter dem Einfluß eines Zaubers.

Als sie aus dem Haus des alten Lehrers traten (er hatte das breiteste freundliche Grinsen eines Gnomes gehabt, das die Gefährtinnen je gesehen hatten, als er sie verabschiedete), waren die Gefährtinnen seltsam gelöst. Rheana atmete tief durch und blickte auf in den blauen Spätherbsthimmel, der so schön wie noch nie vorher zu sein schien.

Osme nahm die Hand der Freundin, obwohl sie auf der Straße vor dem Haus in aller Öffentlichkeit standen, und sagte: „Das sollten wir feiern. Unsere Queste ist gelöst. Laß uns was zu trinken kaufen gehen."

„Oh ja. Hoffentlich hat einer der Händler auf dem Markt Fjordnebel", erwiderte die Nordländerin. „Wie schön doch das Leben sein kann."

„Ich brauche was anderes. Alkohol wirkt bei mir nicht."

„So? Was denn?"

Die Elfin machte einen kratzend-zischenden Laut, den die Barbarin noch nicht kannte. „Ich hoffe, die gibt es hier", setzte sie hinzu.

„Oh Göttin", sagte die Barbarin. „Wie genau spricht man das bloß?"

„Ganz einfach: Ch wie in ‚Dach', dann Ch wie in ‚Ich', ein kurzes R, und Sha wie in ‚Schaum'. Es macht dieses Geräusch beim schnellen Eingießen in ein hohes, schmales Glas, weißt Du."

„Und was genau ist das?", wollte die andere wissen.

„Grün und sprudelt. Und macht Elfen beschwipst", erklärte die Dunkelelfin grinsend.

Als sie später mit ihren Einkäufen zurück zu der Magierpension gingen, sagte Rheana: „Gut, jetzt betrinken wir uns, und ich *könnte* mir vorstellen, daß wir beide danach in der richtigen Stimmung für heftiges Kuscheln sind. Was machen wir danach? Was machen wir morgen? Wo willst Du hin? Egal wohin, ich komme mit."

„Ich weiß nicht", antwortete Osme. „Uns steht jetzt alles frei. Laß uns morgen darüber nachdenken. Ich gehe mit Dir wohin Du willst."

„Sollen wir eigentlich die Geschichte mit dem Liebestrank aufrechterhalten", fragte die Barbarin. „Ich meine, wir waren ja die ganze Zeit ziemlich überzeugend, und viele Menschen, die sonst Vorbehalte gegen Dunkelelfen haben, schienen sogar etwas Mitleid zu empfinden."

„Könnten wir tun. Wir könnten aber auch die Wahrheit erzählen. Ich glaube nicht, daß das für solche Leute einen Unterschied macht."

„Wird sich zeigen, wie immer", erwiderte die Nordländerin.

Sie dachte einen Augenblick nach und sagte dann: „Weißt Du, was lustig ist? Ich will Dich immer noch."

Die Magierin lächelte und gab zurück: „Ja, und warum nicht? Es war doch die ganze Zeit schon so, seit der Trank aufgehört hat zu wirken."

„Das schon", erklärte die Barbarin. „Aber jetzt weiß ich ganz sicher, daß ich Dich will, weil *ich* es *selbst* so will. Und das ist etwas sehr Schönes."

„Engelchen, Du wirst noch zur Philosophin", neckte die Elfin sie. „Hab ich Dir vorhin eigentlich deutlich genug meine Hingabe erklärt?"

„Ich nehme die Kapitulation an."

Die Magierin lachte. „Im Ernst?"

„Na klar. Als ich Dir meine Liebe gestanden habe, habe ich ja auch sozusagen mein Schwert niedergelegt und nicht mehr dagegen angekämpft."

„Hast Du?"

„Ja doch. Der Zaubertrank war so eine einfache Ausrede. Auf den konnte man alles abwälzen. Ich konnte ja gar nichts für alles das, was wir miteinander getan haben. Der Zaubertrank war einfach schuld", sagte die Menschin. „Jetzt ist das nicht mehr so. Was ich jetzt tue, dafür bin ich selbst verantwortlich. Und ich will Dich immer noch."

Die Dunkelelfin blieb tief berührt stehen und streichelte ganz zart die Wange ihrer Gefährtin.

„Bei der Göttin, Du bist so schön, wenn Du mich so ansiehst", brachte die nur stockend heraus.

„Laß uns ganz schnell nach Hause gehen, Engelchen."

Epilog

Die Schamanin kam langsam wieder aus ihrer tiefen Trance zu sich.

„Und? Konntest Du etwas sehen?", fragte eine Stimme, die sie kannte.

Die Frau hob träge die Hand, um zu signalisieren, daß sie noch einen Augenblick brauchte, um wieder im Hier und Jetzt anzukommen.

„Du hattest recht", hauchte sie schließlich leise. Das Räucherwerk, das die Meditation unterstützt hatte, belegte noch immer die Schleimhäute im Hals der Elbin.

„Womit", fragte die Stimme.

„Wir haben uns schon einmal getroffen, in einem anderen Leben. Ich kann nicht genau sagen, wann und wo. Es könnte sehr lange zurückliegen, oder nicht so lange und auf einer Welt geschehen sein, die wieder in eine sehr primitive Kultur zurückgefallen ist. Aber wann und wo es auch war, wir haben uns sehr geliebt."

Die Schamanin räusperte sich vorsichtig. Sie wurde jetzt langsam wacher. „Und Du wirst lachen und weinen zugleich, wenn ich Dir erzähle, wie es angefangen hat. Da kommst Du nie drauf."